D0829192

Arto Paasilinna

Prisonniers du paradis

Traduit du finnois
par Antoine Chalvin

Denoël

Titre original :

PARATIISISAAREN VANGIT

© *Wsoy (Helsinki), 1974.*
© *Éditions Denoël, 1996, pour la traduction française.*

Arto Paasilinna est né en Laponie finlandaise en 1942. Successivement bûcheron, ouvrier agricole, journaliste et poète, il est l'auteur d'une vingtaine de romans dont *Le meunier hurlant, Le fils du dieu de l'Orage, La forêt des renards pendus, Le lièvre de Vatanen, Prisonniers du paradis,* tous traduits en plusieurs langues.

1

L'avion tanguait dans l'obscurité. Nous volions au-dessus de l'océan Pacifique, dans le secteur de la Mélanésie, après avoir franchi le trentième parallèle et le tropique du Cancer.

Nous nous trouvions dans la zone chaude du globe — là où, même pendant les mois les plus froids, la température ne descend jamais au-dessous de dix-huit degrés. L'avion volait depuis trois heures. Nous avions décollé du Japon, de l'aéroport international de Tokyo.

Je suis journaliste. Un Finlandais tout ce qu'il y a d'ordinaire : un individu mal éduqué, avec des ambitions limitées, une veste usée et un caractère sans relief. J'ai dépassé la trentaine. Je suis d'une colossale banalité et il arrive que cela me chagrine.

J'ai écrit d'innombrables articles pour différents journaux, mais aucun n'a jamais conservé le moindre intérêt après avoir perdu son actualité. Un écrit lié au temps est comme un sentier dans la neige : on ne s'en sert qu'en hiver ; le printemps l'emporte et en été il n'existe plus, on n'en a pas besoin, alors on l'oublie.

Nous survolions donc le Pacifique dans un avion à

réaction britannique — un Trident. C'était la nuit et nous étions pris dans une tempête.

Le steward, un jeune Anglais typique avec un long nez, vint s'asseoir à côté de moi et me dit familièrement :

— Sale temps pour voler, ça bringuebale dans tous les sens !

J'admis qu'il avait raison. L'avion secouait impitoyablement ses passagers. De temps à autre, très loin, un éclair traversait le ciel. Éclair d'orage ou de chaleur ? Je n'aurais su le dire.

Je regrettai d'avoir réservé ma place pour l'Australie sur ce vol. Je me souvenais que, quelques années plus tôt, un appareil du même type s'était écrasé près de Paris. L'enquête avait conclu que l'accident était peut-être dû à un défaut de conception. D'après les explications fournies par la compagnie, les stabilisateurs du Trident avaient provoqué une sorte de décrochage.

Une tare similaire semblait avoir frappé notre avion.

Le steward savait que j'étais journaliste. Il me demanda si je travaillais pour le service d'information de l'ONU. Comme je répondais par la négative, il m'expliqua que l'avion avait été loué pour ce vol par les Nations unies. Les autres passagers, qui dodelinaient de la tête sur leur siège en essayant de dormir, étaient des infirmières, des sages-femmes, des médecins et des travailleurs forestiers au service de cette organisation.

Je lui demandai de m'apporter un jus d'orange. Il se leva pour satisfaire à ma requête. Mais, au dernier moment, je changeai d'avis et réclamai un whisky. Par ce temps, expliquai-je, ce sera sans doute plus réconfortant.

Il sourit et alla me chercher ma boisson. De l'autre côté de l'allée étaient assises deux passagères qui avaient des têtes de sages-femmes. Quand je pris mon verre, elles me jetèrent un coup d'œil réprobateur.

Le steward se rassit à côté de moi et nous échangeâmes des banalités pendant une demi-heure. La tempête redoublait d'intensité. Lorsque je lui demandai un second verre, il eut quelque peine à me l'apporter. Lui-même ne buvait rien. Du siège situé devant le mien me parvenait un petit bruit de frottement. Je me penchai et vis une jeune femme blonde qui se limait les ongles. Elle me regarda d'un air bienveillant. Nous n'échangeâmes pas une parole.

Le steward se tenait au dossier devant lui. L'avion tanguait de plus en plus et j'avais toutes les peines du monde à ne pas renverser mon verre.

Le steward se tourna vers moi et me déclara à voix basse, pour ne pas être entendu des autres voyageurs, qu'il ne savait plus au juste où nous allions. Comme je m'étonnais qu'une telle chose fût possible, il me répondit plus doucement encore que, selon lui, même le commandant de bord n'avait plus qu'une idée très vague de la direction suivie par l'avion.

Il ajouta qu'il n'aurait pas dû me parler de cela, mais qu'à vrai dire cela ne changeait rien à l'affaire : l'avion s'était égaré. Je lui suggérai qu'il serait peut-être plus sage d'expliquer la situation aux autres voyageurs. Il me demanda si c'était vraiment là ce que je pensais et ajouta que c'était également ainsi qu'il voyait les choses. Ayant dit cela, il se leva et s'éloigna en titubant dans l'allée centrale en direction de la cabine de pilotage.

Quelques instants plus tard, la voix du commandant de bord annonça par les haut-parleurs que notre altitude de vol était d'environ 10 000 mètres et que nous faisions route vers le sud-est. La position de l'avion, qui aurait dû être connue avec précision, ne l'était pas. Mais la direction et l'altitude l'étaient encore pour le moment.

Le commandant, qui s'était présenté sous le nom de Taylor, poursuivit son annonce par une série de formules aussi élégantes que conventionnelles, expliquant que nous n'étions pas véritablement perdus, mais que les mauvaises conditions atmosphériques rendaient simplement difficile la détermination de notre position et qu'il n'y avait pas la moindre raison de s'inquiéter.

Il pria les passagers d'attacher leurs ceintures et d'éteindre leurs cigarettes. Les hôtesses apportèrent des coussins à placer sur les genoux. On fit une démonstration des masques à oxygène. On nous indiqua l'emplacement des sorties de secours et des gilets de sauvetage. Je palpai le mien sous mon siège et songeai que ce serait sacrément embêtant s'il fallait vraiment se mettre ce truc sur le dos.

Je fis remarquer au steward qu'on nous avait déjà montré tout cela quelques heures plus tôt, au départ de Tokyo.

— Ça ne veut pas forcément dire que nous sommes en danger, me répondit-il sans conviction. Au ton de sa voix, je compris que la situation commençait à être préoccupante.

Je me demandai si je verrais un jour l'Australie où je devais faire un voyage de reportage que je préparais depuis deux ans.

Je pensai bientôt à tout autre chose. L'avion en effet se pencha fortement sur le côté gauche. J'étais assis du côté droit, près d'un hublot. Je tentai de regarder dehors, mais ne vis rien d'autre que la nuit. Mon verre vide tomba par terre, sans que le steward le remarque. Il roula en cliquetant dans l'allée centrale, et acheva sa course contre la cloison de la cabine de pilotage, où il éclata en morceaux. Le verre brisé porte bonheur, me dis-je sans trop y croire.

L'appareil oscilla spasmodiquement d'un côté et de l'autre, puis les lumières s'éteignirent. Il me sembla que le moteur situé à ma droite avait cessé de fonctionner.

Le Trident se mit à piquer vers la mer.

La voix crachotante du commandant de bord se fit entendre dans les haut-parleurs. Il n'était plus aussi calme. Il demanda aux passagers de se tenir prêts pour l'évacuation. Dans la nuit, en pleine tempête, sur l'océan Pacifique !

Les femmes se mirent à pousser des cris perçants. Des larmes me vinrent aux yeux. L'avion paraissait filer droit vers la mer.

Après une longue descente, l'appareil se replaça dans une position plus favorable et l'on entendit à nouveau la voix du commandant qui annonça dans l'obscurité : « Nous volons actuellement tout près de l'eau. Notre moteur droit a cessé de fonctionner. Nous allons amerrir dans quelques instants. »

Il exhorta les passagers à conserver leur calme et précisa qu'avec un peu de chance l'amerrissage forcé pourrait se faire à proximité d'une île. Il expliqua encore qu'un appareil tel que celui-ci ne serait pas forcément brisé par la houle et que nous aurions peut-être le temps de sortir par les issues de secours avant qu'il ne coule.

Je sentis que l'avion penché sur le côté commençait à décrire des cercles au-dessus de l'eau et son-

13

geai que peut-être notre merveilleux pilote cherchait vraiment un rivage propice, une plage de sable suffisamment longue pour servir de piste d'atterrissage.

Les lumières de la cabine s'allumèrent. Les hôtesses se levèrent aussitôt et commencèrent à distribuer les gilets de sauvetage. Je maudis ceux qui les avaient conçus : les lanières ne cessaient de s'emmêler et ce fut presque un miracle que chacun parvienne à enfiler le sien.

Les lumières s'éteignirent à nouveau. Sur le côté gauche apparut un cône de lumière vive, le feu d'atterrissage probablement.

Soudain, ce fut comme si l'avion percutait un mur. Nous fûmes projetés violemment, la tête la première, contre les dossiers situés devant nous. Du sang gicla sur les coussins et les lumières s'éteignirent définitivement. L'aile, que je voyais osciller par le hublot, se détacha, emportant avec elle un morceau de la carlingue, et j'aperçus dans l'obscurité des langues de feu qui disparurent aussitôt.

Dans l'avion régnait la plus grande confusion. Je me dis que l'appareil avait dû percuter le flanc d'un volcan mélanésien, avant de me rendre compte qu'il avait simplement amerri : l'eau est dure comme la pierre quand on y tombe trop vite ou de trop haut, et nous avions commis ces deux erreurs.

Dès que l'appareil eut touché l'eau, une chose m'étonna au plus haut point : la mer n'était pas démontée ; les vagues étaient relativement petites. J'en compris plus tard la raison : le Trident s'était posé à l'intérieur d'une barrière de corail.

À tâtons, les passagers ouvrirent les portes de secours et se mirent à sauter dans l'eau les uns après les autres. Je sentis mes pieds se mouiller et partis moi aussi faire trempette : il suffisait de sauter par le trou que l'aile avait ouvert en guise d'adieu dans le flanc de l'avion. Les gilets de sauvetage portaient merveilleusement bien. Je restai héroïquement à flotter sur place, en criant à intervalles irréguliers, depuis la mer, des conseils à ceux qui se trouvaient encore à l'intérieur. Curieusement, l'avion ne semblait pas avoir l'intention de disparaître dans les profondeurs. Par l'ouverture, des gens continuaient à sauter.

Un grand radeau de sauvetage avait pu être jeté à l'eau on ne savait comment. Sur son côté brillaient des feux puissants. Des nageurs de plus en plus nombreux parvenaient à s'accrocher, malgré la houle, à la corde qui pendait à l'extérieur de l'embarcation.

Quant à moi, bête comme je suis, au lieu de nager jusqu'au radeau, je restai à proximité de l'ouverture. Sans doute sous l'effet d'une commotion cérébrale, je fis même quelque chose d'encore plus risqué : je m'approchai du trou et me mis à appeler vers l'intérieur, sans me soucier de la mer avide qui s'engouffrait de plus en plus vite dans les profondeurs de l'avion. La grande épave ne cessait de s'agiter dans la houle. La mer me jetait avec tant de force contre son flanc que quelques-unes de mes côtes jugèrent nécessaire de se casser.

Il ne restait plus personne à l'intérieur. Ma démonstration de bravoure n'avait servi à rien.

L'épave commença alors à s'enfoncer rapidement, et c'est à cet instant seulement que je songeai à m'enfuir à toutes brasses. Je parvins à grand-peine à m'écarter du géant avant qu'il ne sombre. L'aspiration créée par le grand fuselage m'entraîna sous l'eau pendant quelques secondes, mais le gilet me ramena à la surface.

Je fus sauvé par la chance, ou plutôt par l'habile amerrissage du pilote anglais : en une demi-heure, la mer me porta jusqu'au rivage où, après avoir pris quelques coups dans les genoux, je parvins à ramper hors de l'eau. Je m'effondrai de tout mon long sur le sol et m'endormis, échappant enfin à la gueule de bois qui me tenait depuis Tokyo.

2

En m'éveillant, je sentis le contact de l'eau sur mes pieds : après l'amerrissage forcé de la nuit, j'avais rampé jusqu'à la plage et m'étais endormi au bord de la mer. C'était le matin et des vagues venaient de temps à autre me lécher les orteils. On peut dire que j'étais dans un piètre état, du moins en apparence : du sable mouillé et chaud s'était infiltré dans mes vêtements et mes chaussettes ; ma ceinture me serrait et ma poitrine me faisait mal.

Me levant à grand-peine, je m'arrachai à ma condition horizontale et pris pied sur le sable ; j'ôtai mes sandales et essorai mes chaussettes.

Je palpai ma poitrine et en conclus que quelques côtes avaient dû se détacher de mon sternum.

Le sable de la plage était humide. Ma montre ne fonctionnait plus. À une vingtaine de mètres de là se dressait une épaisse muraille de végétation. J'avais encore mon portefeuille, mais mes papiers étaient trempés. Le soleil dardait ses rayons brûlants dans une direction pour moi inhabituelle : de haut en bas, presque à la verticale. Dans le Nord, le soleil est à peine plus haut que l'horizon — quand on le voit ! À présent, je me retrouvais dans une région où il brillait exactement au-dessus de ma tête. Cela n'aurait pas dû m'étonner outre mesure, mais ce genre de chose me fait toujours très forte impression.

J'étais seul sur la plage. J'ôtai ma cravate abîmée par l'eau et le sable et fus tenté un instant de la jeter dans les vagues vertes, mais je décidai finalement de la fourrer dans ma poche. On ne sait jamais de quoi on peut avoir besoin sur une île déserte.

L'endroit où je me trouvais était une sorte d'anse sur la mer, une écume blanche indiquait l'emplacement de la barrière de corail ; en portant mes regards sur les côtés, je vis les pointes qui délimitaient l'anse ; la mer était bordée d'une ceinture de sable, au-delà de laquelle une jungle dense formait comme une paroi. Les arbres les plus proches s'incurvaient au-dessus de la plage, comme sur la photo illustrant le mois de juin sur le calendrier de la firme Pirelli.

Selon toute évidence, j'étais bien dans la zone chaude du Pacifique.

J'avais toujours sur moi le gilet de sauvetage, entièrement couvert de sable fin et mouillé. Je décidai de l'enlever, car il me faisait transpirer. Je me souvins de tout le mal que j'avais eu pour l'enfiler et constatai qu'il était plus difficile encore de s'en libérer. Les sangles de tissu s'étaient tendues dans la mer, elles frottaient contre mon corps et les boucles étaient bloquées par le sable. Mes efforts pour me débarrasser du gilet me causaient des douleurs aiguës dans la poitrine. J'avais l'impression d'être un petit garçon essayant de démêler les lacets emberlificotés de ses chaussures.

Je parvins enfin à l'enlever. J'étais presque à bout de souffle. J'avais envie d'une cigarette, mais les miennes s'étaient désagrégées dans ma poche et mes allumettes mouillées étaient inutilisables. J'avais soif.

Je commençai à marcher le long de la plage, vers la droite, c'est-à-dire vers l'ouest, à en juger d'après la position du soleil. Au-delà de la pointe se trouvait une deuxième anse, semblable à la première. Derrière elle s'en ouvrait une troisième, puis encore une autre. Je ne rencontrai aucun autre passager du Trident. La plage lissée par les vagues était vierge de toute trace. Je poursuivis mon chemin sous le soleil accablant, pieds nus, tenant d'une main mes sandales par les lanières et de l'autre le gilet de sauvetage, dont les sangles avaient laissé des marques sur le sable qui couvrait ma peau, comme si une souris avait marché sur ma poitrine.

Je devais avoir l'air bien misérable en marchant de la sorte, privé de tabac, couvert de sable, tenaillé par la faim et la soif. Je me fis la réflexion que tout cela était vraiment à cent lieues du romantisme caractéristique des îles désertes. Heureusement, personne ne pouvait s'apitoyer sur mon sort.

Je songeai à bien d'autres choses encore, en avançant ainsi sur cette plage. Je me dis que mon beau voyage était fichu : plusieurs mois de strictes économies, des années de préparation — tout cela pour rien ! Je pensai à ma famille en Finlande. Là-bas, il devait faire nuit en ce moment, et elle n'apprendrait que cette nuit — c'est-à-dire lorsque le jour se lèverait en Finlande — qu'un avion affrété par les Nations unies s'était abîmé dans la mer en Mélanésie, avec à son bord une cinquantaine de passagers : des auxiliaires médicales, des médecins, des travailleurs forestiers et un journaliste... Les miens seraient bien sûr profondément affligés par ce coup du sort qui m'aurait ravi à eux.

À vrai dire, leur douleur serait-elle si grande ? J'essayai de me convaincre que j'étais en définitive un individu plutôt désagréable en Finlande. Peut-être mes parents proches et éloignés pousseraient-ils carrément des soupirs de soulagement ? Changeant alors subitement de perspective, je commençai à imaginer leur peine avec délectation : leurs pleurs, leur souffrance, leurs paroles consternées et leurs hypothèses sur ce qui m'était arrivé... comment les journaux parleraient-ils de ma disparition ? Pendant que je savourais ces pensées agréables, je constatai que je venais d'arriver dans une nouvelle anse.

Là non plus, je ne rencontrai personne.

Je commençais à être fatigué. Je marchai jusqu'à la limite de la forêt et m'assis sur le sable. Je sentis mon derrière se mouiller et me relevai. Je dus chercher longtemps avant de trouver un endroit à peu près sec. Je vitupérai intérieurement ce maudit terrain : dans les forêts du Nord, on trouvait au moins des monticules, mais ici il n'y avait que des creux et de l'eau.

Oui... de l'eau. Les racines des arbres formaient des cavités dans lesquelles de l'eau s'était accumulée. J'en puisai un peu dans le creux de ma paume, et comme je m'apprêtais à boire ce liquide plutôt chaud, je fus arrêté par la pensée qu'il était peut-être contaminé. Comment savoir ? Ces contrées réservaient toutes sortes de surprises, et je me souvenais d'avoir lu quelque part qu'au niveau de l'équateur, l'eau était extrêmement toxique. Je laissai celle-ci couler entre mes doigts et observai mes mains mouillées. J'avais la gorge sèche ; ma peau brillait dans le soleil.

Je me demandai si je serais capable de lécher ma main. Un tel acte me paraissait bien téméraire.

Mais ma pusillanimité me fit bientôt sourire et je léchai ma main mouillée sans me soucier du danger.

Cela ne me suffisait pas. Je trempai à nouveau ma main dans le creux des racines et la léchai encore une fois. Aucun signe d'intoxication ne se manifesta. Je renouvelai l'opération à plusieurs reprises. Tout avait l'air d'aller pour le mieux.

Enfin, enhardi par l'expérience, je puisai de l'eau à deux mains et la fis couler directement dans ma bouche. Je bus ainsi de nombreuses gorgées, avec l'avidité d'un cheval des steppes. L'eau était tiède, mais pas salée. En tout cas, elle ne contenait pas de substances provoquant une mort immédiate.

Après m'être désaltéré, j'éprouvai à nouveau le désir violent d'allumer une cigarette et fouillai machinalement les poches de mon pantalon. Je commençais à comprendre ce que pouvait signifier une privation forcée de tabac, pour les prisonniers par exemple.

Je me levai et fouettai rageusement avec le gilet de sauvetage les arbres environnants ainsi que des buissons et des lianes. Cet accès de colère eut deux conséquences : de l'eau dégoulina des arbres, puis un objet froid et lourd s'abattit sur mon crâne ; je songeai aussitôt à un serpent glacial et visqueux.

Je ne pouvais pas tomber plus juste : après avoir ôté la chose de ma nuque, je la regardai et vis qu'il s'agissait effectivement d'un serpent : une bestiole verte avec une tête minuscule, qui poussait de petits couinements et essayait de se libérer de ma main crispée par la peur. Je jetai la créature aussi vite que je le pus et courus en quelques enjambées jusqu'à la plage, où je m'arrêtai, terrorisé. J'avais l'impression que cet animal répugnant était capable de me suivre jusque-là.

Mais il n'essaya pas de me rattraper. À partir de cet instant, cependant, la jungle m'inspira davantage de crainte.

La faim au ventre et le gilet de sauvetage sur l'épaule, je me remis ensuite à avancer le long de la plage.

Je marchai toute la journée, sans que personne ne vienne me demander où j'allais.

Vers le soir, je m'assis tristement sur le sable, ôtai le verre de ma montre avec la lame de mon coupe-ongles, jetai l'eau qui s'y trouvait et soufflai sur le mécanisme, qui recommença à fonctionner. Je fixai le verre à sa place et réglai les aiguilles sur cinq heures. Après quoi je remontai le ressort et m'installai pour dormir sur le sable chaud et humide, dont le contact me parut plutôt agréable après cette longue marche.

Ainsi s'écoula la première journée qui suivit l'accident. À mon sens, il n'y avait vraiment pas de quoi pavoiser.

3

Je me réveillai le lendemain matin dans un état déplorable : ma faim n'avait fait que croître pendant mon sommeil et j'avais à nouveau très envie d'une cigarette. Du moins osais-je à présent boire de l'eau, ce qui m'évitait de souffrir de la soif.

Comme je n'avais rencontré personne le jour précédent, je me dis que j'avais dû choisir la mauvaise direction et décidai de retourner à l'endroit d'où j'étais parti.

Marcher sur une plage déserte est une occupation particulièrement monotone et ennuyeuse. Je n'avais pour toute compagnie que celle de mes traces de la veille. L'océan couvert d'écume blanche m'offrait un spectacle magnifique, mais j'étais trop fatigué pour apprécier le paysage. La jungle humide ne m'incitait pas non plus à partir en exploration.

Le soir venu, je m'endormis sur le sable. À l'aube du troisième jour, j'arrivai à l'anse où je m'étais échoué et poursuivis mon chemin vers l'est.

Comme tout bon Nordique, j'ai l'habitude des marches en pleine nature. J'aurais cru que marcher sur une plage tropicale ne serait qu'une partie de plaisir pour le randonneur chevronné que j'étais. Ce ne fut malheureusement pas le cas : j'étais fatigué, affaibli par le jeûne, et n'avançais pas très vite. Je n'en continuais pas moins ma progression, et de nouvelles lagunes s'ouvraient devant moi.

J'éprouvais un vif ressentiment à l'égard des ingénieurs anglais qui avaient conçu l'avion. Comment pouvait-on construire des appareils qui ne résistaient même pas à une bonne tempête ! Je pensais aussi aux dieux mélanésiens, esprits de cultures millénaires... Peut-être étaient-ce eux qui avaient organisé l'accident ? Les dieux des Indes, de Bornéo et de Nouvelle-Zélande avaient peut-être voulu introduire un peu de changement dans le vide de l'océan tropical, et nos mésaventures devaient paraître très divertissantes à ces esprits étranges.

Le troisième jour, après l'heure la plus chaude, je découvris le premier signe d'une présence humaine.

Sur le sable mouillé gisait un petit chapeau rejeté par les vagues. Je l'aperçus de loin sur la plage déserte et, malgré ma fatigue, courus l'examiner. Je le soulevai et le fis tourner dans mes mains. C'était une petite toque bien propre, ornée sur le devant de deux ailes dorées et du sigle de la compagnie aérienne britannique. Je la reconnaissais : elle appartenait à une des deux hôtesses. Cette découverte commença par me réjouir, mais je songeai bientôt que cette coiffe était peut-être tout ce qui restait de la jeune femme. Il était désespérant de penser que la personne qui l'avait portée avait pu se noyer.

Je mis la toque dans ma poche et continuai ma route. Après avoir marché quelques centaines de mètres, je découvris des traces de pas. Elles étaient si petites qu'à l'évidence il ne pouvait s'agir que d'une femme. Elle avait d'abord marché avec ses talons hauts, mais avait assez vite enlevé ses chaussures. Après avoir suivi ses traces un certain temps, je constatai que la marcheuse avait fini par enlever aussi ses collants, pour les jeter au loin en direction de la jungle.

Je les fourrai dans ma poche pour qu'ils tiennent compagnie à la toque et repartis sans plus attendre sur la piste de la femme. Je ne sentais plus la fatigue. C'était comme si j'avais reçu d'en haut des forces nouvelles.

Je la rejoignis dans l'après-midi.

Sachant que l'une des hôtesses était brune et l'autre blonde, je m'étais demandé laquelle avait laissé ces traces. Je vis qu'il s'agissait de la brune et me dirigeai vers elle au pas de course.

L'hôtesse épuisée était allongée sur la plage, les cheveux dans le sable, le visage tourné vers la jungle. Des vagues venaient de temps à autre lui mouiller le derrière, mais elle ne paraissait pas s'en soucier. Elle était beaucoup plus affaiblie que moi.

Je me présentai. Elle tourna la tête et m'adressa un sourire las, puis elle me demanda d'une voix éteinte :

— Pourriez-vous me donner de l'eau ?

Je la tirai jusqu'à la lisière de la jungle et lui apportai de l'eau dans le creux de mes mains. Elle la but avidement et parut retrouver quelques forces. Elle s'assit, arrangea ses cheveux et sourit. Puis elle dit :

— Je m'appelle Cathy McGreen.

Je ne savais pas trop ce que je devais faire. Je n'avais rien à proposer à cette femme épuisée... Mais si ! Je sortis sa toque de ma poche et la lui donnai. En la voyant, elle eut un air étonné, mais ne me demanda pas d'explications. Après l'avoir un peu défroissée, elle la posa sur sa tête.

Je sortis ensuite son collant, le lui tendis, puis me sentis soudain très bête. Je retirai ma main, rempochai le collant et me levai. Sans comprendre exactement ce qui n'allait pas, je sentais que je m'étais comporté comme un nigaud. Je regardai la mer en pétrissant le collant au fond de ma poche.

L'hôtesse dissipa le malaise avec beaucoup d'aisance. Elle me dit que ce serait effectivement très gentil à moi si je pouvais lui porter son collant, puisque j'avais des poches. Elle me souriait d'un air bienveillant.

Je lui proposai de nous remettre en route, en ajoutant que j'avais exploré la plage assez loin vers l'ouest et que je n'y avais vu personne.

Je l'aidai à se mettre debout, puis nous repartîmes. Bien qu'elle fût terriblement fatiguée, elle arrivait encore à marcher. Nous nous traînâmes le long de la plage plusieurs heures durant. Je portais son gilet de sauvetage et allais de temps en temps lui chercher de l'eau. Nous ne parlions guère. Elle s'appuyait sur moi et nous avancions ainsi.

Le soir venu, nous nous allongeâmes sur le sable. Le ciel tropical brillait de mille feux, mais nous n'eûmes pas la force de l'admirer bien longtemps et, brisés de fatigue, nous nous endormîmes. Le lendemain matin, nous reprîmes notre pénible progression.

Nous étions déjà à bout de forces lorsque nous rencontrâmes enfin des gens. Ils étaient nombreux. On nous donna de l'eau ; on me fourra quelque chose dans la bouche — des biscuits probablement — et on nous installa pour dormir. Avant de sombrer dans le sommeil, je sentis qu'on m'enlevait mon pantalon.

Dans l'après-midi, on nous réveilla et on nous donna encore à manger. Puis on nous expliqua que nous étions les derniers rescapés.

4

La matinée du lendemain fut elle aussi assez pénible : la faim nous faisait encore souffrir. La situation s'était pourtant améliorée par rapport aux jours précédents : nous étions ensemble.

Notre groupe comprenait en tout quarante-huit personnes — vingt-six femmes et vingt-deux hommes. On m'expliqua que deux passagers avaient trouvé la mort dans l'accident : une infirmière suédoise, déchiquetée par un requin, et un bûcheron finlandais, décédé des suites des blessures qu'il s'était faites dans l'avion. Les corps des deux victimes avaient été enterrés dans le sable.

Nous n'avions rien à manger. Pas de cigarettes non plus. On était toutefois allé chercher de l'eau, que nous buvions d'un air pensif.

Les seules richesses en notre possession étaient les gilets de sauvetage. Nous les avions regroupés en petits tas sur la plage, comme s'ils étaient à vendre.

Aucune forme d'organisation ne s'était encore établie, et les idées fusaient de toutes parts ; elles concernaient les moyens de résoudre l'inquiétant problème de l'alimentation. Plusieurs jours s'étaient écoulés depuis l'accident et tout le monde avait dû se débrouiller en mangeant des fruits bizarres cueillis dans la jungle ainsi que les rations de survie du radeau de sauvetage. Il ne restait plus qu'une quantité négligeable de provisions. Les perspectives n'étaient guère réjouissantes.

Lorsque je demandai où était la carcasse de l'avion, des dizaines de voix me répondirent qu'elle avait coulé au fond de la mer, près des récifs, et que l'endroit était infesté de requins. J'émis l'idée que l'on pourrait essayer d'aller jusqu'à l'épave avec le radeau pour voir s'il n'était pas possible de récupérer quelque chose à manger. J'ajoutai qu'il était peu vraisemblable que les requins se trouvent encore près de l'épave plusieurs jours après l'accident.

Mais comment faire pour aller là-bas alors que nous n'avions pas de rames ?

Cette discussion n'était qu'un concert de lamentations insensées. Lorsque le médecin finlandais du groupe, un certain Vanninen, proposa de choisir deux ou trois personnes pour faire office de présidents, j'appuyai son idée. Nous décidâmes d'élire une direction collégiale.

Les deux premiers élus furent Vanninen et une sage-femme finlandaise aux cheveux bruns qui approchait de la cinquantaine. Je devins le troisième membre du directoire.

Nous nous retirâmes tous trois sous le couvert des arbres pour réfléchir à la situation. La sage-femme brune proposa de constituer un petit groupe qui partirait dans la jungle en quête de nourriture. Nous l'approuvâmes du regard et lui conseillâmes de prendre avec elle quelqu'un qui connaisse les secrets des points cardinaux, par exemple le commandant de bord.

La sage-femme brune partit donc dans la jungle

avec une dizaine d'hommes et de femmes. On leur confia la petite hache du radeau de sauvetage, qui leur servirait à défricher leur chemin dans la végétation.

Vanninen estimait lui aussi qu'il fallait essayer d'aller jusqu'à l'épave.

— Dans l'avion, il y a les repas et beaucoup d'autres choses que nous pourrions utiliser : du matériel médical, des outils forestiers, et aussi plusieurs tonnes de lait en poudre. Évidemment, il risque d'avoir été gâché par l'eau de mer.

Il ajouta que, s'il se souvenait bien, l'épave se trouvait assez près du rivage, entre les récifs de corail et la plage, peut-être à deux ou trois kilomètres. Le matin après l'accident, on avait vu des ailerons de requin dans les parages.

Nous décidâmes de tenter le coup malgré les requins. Nous organisâmes les choses ainsi : dans un premier temps, nous fabriquerions de quoi faire avancer le radeau — des rames et une pagaie. Comme notre unique hache avait été emportée par le groupe des explorateurs dirigé par la sage-femme brune, nous décidâmes d'attendre leur retour.

Ils revinrent au bout de quelques heures dans un état plutôt pitoyable, la mine déconfite, les traits tirés, le visage couvert de sueur. Ils n'avaient pas trouvé grand-chose à manger : quelques noix de coco, une poignée de racines et un serpent vert dont la tête avait été écrasée. Leurs vêtements étaient tout déchirés et ils s'étaient écorchés jusqu'au sang aux épines de la forêt. Quelques bûcherons finlandais qui faisaient partie du groupe déclarèrent avec aigreur qu'à leur avis, les expéditions de ce genre étaient totalement inutiles et que ce n'était pas la peine de se donner tant de mal pour revenir bre-douille !

On fit griller le serpent sur le feu, on coupa les fruits en morceaux et on rongea les racines telles quelles. On ingéra cette pitance par nécessité, en silence et sans la moindre ferveur.

Après avoir mangé, je partis dans la jungle avec Vanninen et quelques autres afin de chercher des morceaux de bois appropriés pour faire des rames.

Nous avançâmes dans la végétation épaisse en sui-vant le chemin défriché par l'expédition précédente. La forêt était relativement sombre. Des oiseaux mul-ticolores voletaient entre les branches et un bruyant piaillement accompagnait notre marche. À environ cinq cents mètres de la plage, nous aperçûmes un groupe de singes. Curieux, ils accouraient pour observer notre lente progression en faisant un raffut de tous les diables au-dessus de nos têtes. Quelques-uns d'entre eux cassaient des branches et essayaient de nous atteindre avec elles. L'accueil était franche-ment hostile.

— Si seulement on avait un fusil ! grommela un bûcheron du nom de Lakkonen, en regardant les singes qui menaient grand tapage au-dessus de lui.

Les arbres, que je crus identifier comme des palé-tuviers, étaient si durs que notre petite hache ne parvenait pas à les entailler : quand nous leur don-nions un coup, cela leur faisait autant d'effet que si nous leur avions raconté une blague.

Nous nous assîmes pour reprendre quelques forces, et Lakkonen commença à nous parler de son cousin qui avait ramené un singe à Kuusamo. Il était chef mécanicien sur un pétrolier, mais il avait dû quitter son emploi parce qu'il était atteint de paralysie. À Kuusamo, il avait dressé son singe à se comporter exactement comme lui.

— Il mangeait avec un couteau et une fourchette en même temps que mon cousin, et quand mon cousin allait se coucher, le singe se glissait dans son petit lit. Mon cousin lui avait fait son lit dans l'ancien berceau de notre Aline, et le singe s'y allongeait comme un être humain. Mon cousin disait souvent qu'il lui achèterait un petit fauteuil roulant, pour qu'il puisse se déplacer comme lui. Mais il n'en a pas eu le temps parce que le singe s'est fait écraser par le camion de Volotinen. Mon cousin l'a enterré dans un vrai cercueil, long de quatre-vingt-quinze centimètres, mais il n'a pas eu le droit de l'inhumer dans le cimetière, même s'il était d'accord pour acheter un emplacement entier. J'ai pensé qu'on pouvait au moins insérer un avis de décès dans le journal, et c'est ce qu'on a fait. Je ne me souviens plus quels vers on avait cités, mais il y a eu plus d'une dizaine de personnes à l'enterrement, ils n'avaient pas compris que le défunt n'était pas un homme mais un singe !

Après avoir erré longtemps, nous rencontrâmes un genre de palmier dépourvu de fruits dans lequel notre hache s'enfonçait. Nous l'abattîmes, ce qui nous prit environ une heure, car le tronc était très épais, puis nous le débitâmes en trois morceaux que nous transportâmes jusqu'à la plage. Le voyage nous demanda encore une heure.

Tout cela était particulièrement éprouvant. Vanninen déclara qu'après un effort pareil, il n'y aurait rien d'étonnant à ce qu'un individu habitué au travail intellectuel soit victime d'un infarctus. En disant cela, il me regardait comme s'il s'attendait à ce que je fasse sur-le-champ une thrombose.

Mais rien de tel ne se produisit.

Quelqu'un croyait savoir que les requins craignaient la couleur jaune : si nous répandions du jaune dans la mer, ils s'enfuiraient aussitôt. Mais personne ne put confirmer cette information, et encore moins expliquer où nous pourrions trouver du jaune.

On se lança sans attendre dans la fabrication des rames. C'était un travail de longue haleine et nous dûmes nous organiser en équipes pour pouvoir travailler toute la nuit. Dans le radeau de sauvetage, il y avait, outre la hache, un grand couteau, que nous utilisâmes aussi. On alla chercher du bois dans la jungle pour alimenter les feux de camp et les coups de hache résonnèrent sur la plage pendant toute la nuit.

C'était un spectacle grandiose : la nuit tropicale, le ciel constellé d'étoiles, les bruits de la jungle et les gens qui veillaient autour des feux...

Je m'allongeai à même le sable, mon gilet de sauvetage en guise d'oreiller. Alors que je commençais à m'endormir, la sage-femme brune vint m'annoncer que c'était mon tour de manier la hache. Je la suivis jusque dans la lumière d'un feu rougeoyant ; pendant que nous marchions, je remarquai qu'elle gardait sa main posée sur mon épaule, comme une mère avec son enfant.

Je travaillai pendant une heure sur la rame et terminai la partie inférieure de la pelle gauche. Puis je fus remplacé par le copilote anglais, Keast, d'assez mauvaise grâce d'ailleurs, du moins à en juger par l'expression que je crus distinguer sur son visage à la lueur du feu.

Je retournai à l'endroit que je m'étais choisi pour dormir, mais je ne pus récupérer mon gilet de sauvetage, car, entre-temps, ma place avait été occupée par une jeune personne, une infirmière ou une sage-femme, et je n'eus pas le courage de réveiller cette demoiselle, ou cette dame — comment savoir dans cette nuit tropicale ?

Le jour se leva. La faim nous tourmentait de plus en plus. Les autres erraient d'un pas chancelant sur la plage, avec un air misérable, comme des prisonniers dans un camp de concentration, mornes, mastiquant des racines amères et crachant les fibres trop dures.

En guise de petit déjeuner, je bus de l'eau. Elle était toujours aussi tiède et je n'avais pas envie de m'en gargariser. Les femmes faisaient leur toilette sur la plage, peignant leurs cheveux et s'examinant dans de petits miroirs. Certaines avaient réussi à sauver leur sac à main en plus de leur personne. Aucune cependant ne se maquillait. L'eau de mer avait dû mouiller leurs poudriers. L'une d'elles se lamentait :

— C'est terrible, j'ai mes règles et tout est fichu !

La hache et le couteau avaient taillé toute la nuit. Le résultat, compte tenu des circonstances, était plutôt réussi : nous avions fabriqué deux longues rames et une pagaie plus courte. Les rames faisaient environ trois mètres, la pagaie un mètre cinquante. La hache était en piteux état, et les travailleurs aussi.

L'équipage du radeau fut composé du Dr Vanninen, de deux bûcherons et de Taylor, le commandant de bord. Celui-ci avait raconté qu'il était né à Aden, où ses parents avaient mené la grande vie tant que les Anglais maintenaient là-bas une base aérienne pour garantir la sécurité du canal de Suez.

— J'ai appris à nager à Aden, dit-il. Mon père

était le commandant de la garnison, bien qu'il eût une jambe plus courte que l'autre. Il disait que c'était pratique pour nager, qu'avec une jambe plus courte on arrivait mieux à conserver sa direction.

Le radeau pneumatique fut poussé à l'eau et nous souhaitâmes bonne chance à l'équipage.

Les quatre valeureux affamés s'éloignèrent en ramant avec vigueur, progressant péniblement à contre-vagues.

Inutile de dire que ceux qui restaient à terre étaient de tout cœur avec eux. Nous espérions que le sort leur serait favorable ou, dans le cas contraire, qu'il ramènerait au moins le radeau sur la plage, car c'était là notre richesse la plus précieuse.

La sage-femme brune avait dressé la liste des rescapés. Elle avait inscrit nos effectifs sur un mouchoir en papier qu'elle avait réussi miraculeusement à garder au sec. La liste était la suivante :

14 infirmières suédoises
10 sages-femmes finlandaises
2 médecins norvégiens
1 médecin finlandais
— *1 pilote anglais*
1 steward anglais
2 hôtesses de l'air anglaises
2 copilotes anglais
10 bûcherons finlandais
2 mécaniciens forestiers finlandais
2 ingénieurs des eaux et forêts finlandais
1 journaliste finlandais
Total : 26 femmes
22 hommes, soit 48 personnes.

Deux passagers étaient morts. Sept étaient malades, ce qui faisait huit avec moi et mes côtes cassées. Je me sentais déjà en meilleure forme, mais la faim était difficile à supporter.

La sage-femme brune regardait le radeau pneumatique qui oscillait sur les flots. Les rameurs étaient déjà à proximité des récifs.

— Pourvu qu'il ne leur arrive rien! murmura-t-elle.

5

Tout le camp scrutait la mer intensément. Quand le radeau se fut arrêté, un membre de l'équipage se leva et commença à se déshabiller. Il plongea dans l'eau et les autres s'efforcèrent de maintenir l'embarcation sur place en dépit des vagues.

Le plongeur resta sous l'eau un instant, puis remonta sur le radeau. Après lui, un autre se déshabilla et disparut dans les flots. Cela se prolongea longtemps. L'observation attentive de la mer fatiguait nos yeux éblouis par la lumière.

L'un des médecins norvégiens, Kristiansen, raconta l'histoire suivante aux infirmières suédoises :

— Il y a six ans de cela, pendant que j'étais chez moi à Narvik, j'ai assisté à une course de canoës. Le fjord de Narvik est long et encaissé et nous pouvions suivre la course très loin depuis le versant de la montagne. Il y avait huit équipes et presque trente canoës. Tout d'un coup, le concurrent qui était en tête s'est arrêté et les autres l'ont dépassé. Il s'est mis debout et s'est déshabillé complètement. Puis il a plongé dans le fjord en abandonnant son canoë au milieu du parcours. Il est resté longtemps sous l'eau, et les spectateurs croyaient qu'il ne remonterait plus à la surface. Un canot de sauvetage était déjà en train de partir, mais l'homme est réapparu ; il a nagé jusqu'à son canoë, s'est hissé à l'intérieur et s'est remis à pagayer avec énergie. Il avait pris un sacré retard, mais il avançait à toute allure. Au moment de virer, il avait déjà rattrapé les derniers concurrents et gagnait encore du terrain. Il pagayait tout nu.

Quand les canoës sont arrivés près de la rive, il était déjà en troisième position. Si le trajet avait été un peu plus long, il aurait gagné la course, même en ayant plongé dans le fjord. Tout le monde s'est précipité sur le débarcadère ; les journalistes prenaient des photos, et personne ne s'intéressait au vainqueur ni au deuxième. Le troisième était terriblement beau et il avait oublié de se rhabiller : il courait sur les planches en costume d'Adam. Le lendemain, dans le journal local, et même dans ceux d'Oslo, il y avait une photo qui le montrait tout nu sur le ponton. Quand on lui a demandé pourquoi il avait plongé, il a expliqué que sa montre automatique était tombée à l'eau en pleine course et qu'il était allé la repêcher. Il l'avait rattrapée alors qu'elle était déjà très loin. Le fjord de Narvik est si profond qu'il n'aurait pas pu la récupérer si elle était allée jusqu'en bas. S'il s'était agi d'une montre de gousset, il n'aurait servi à rien de plonger, mais une montre-bracelet s'enfonce deux fois moins vite, à cause du bracelet en cuir.

Nous regardâmes à nouveau la mer. Les hommes continuaient de plonger. Tout avait l'air de bien se passer.

Pendant ce temps, sur la plage, une dispute avait éclaté. Le différend concernait le choix de la langue que nous devions utiliser entre nous.

À l'origine du conflit se trouvait une infirmière suédoise, sans doute excédée d'entendre continuellement parler finnois. Elle estimait qu'on ne pouvait pas obliger le groupe à écouter cette langue à longueur de journée, et encore moins à la parler, uniquement parce que les Finlandais étaient majoritaires. Il était préférable de parler suédois, norvégien ou anglais.

Cette prise de position en matière de politique linguistique suscita une réaction unanime de la part des bûcherons finlandais. Ceux-ci déclarèrent tout net à l'infirmière que si quelqu'un se mettait à parler suédois sur cette plage, il devrait le faire à voix suffisamment basse pour que les Finlandais puissent se dispenser de l'écouter.

Le copilote Reeves fit remarquer que le choix de la langue véhiculaire pouvait être repoussé à une date ultérieure et qu'au lieu de nous disputer pour des vétilles, nous ferions mieux d'envoyer quelques personnes dans la jungle pour chercher de quoi manger.

Cette proposition ne fut pas accueillie avec un enthousiasme débordant. Mais lorsque la sage-femme brune et moi-même entreprîmes de la soutenir et de l'expliquer en suédois, une équipe fut assez vite constituée.

Ses membres partirent dans la jungle en quête de nourriture, après que les affamés qui restaient sur la plage leur eurent adressé force recommandations.

Pendant ce temps, les hommes du radeau n'avaient pas cessé de plonger. Ils remirent enfin leurs vêtements et prirent le chemin du retour. Ils accostèrent au bout d'un quart d'heure. Aiguillonnés par la faim, nous nous précipitâmes vers l'embarcation, la tirâmes sur le sable et nous ruâmes sur son chargement : des boîtes en plastique, un bouquet de fils électriques et un siège de l'avion.

Les grosses boîtes en plastique contenaient les aliments prévus pour le déjeuner. Nous les déposâmes rapidement sur la plage. Il y en avait vingt-trois en tout.

— Ces boîtes nous sauvent la vie, au moins pour quelque temps, déclara Vanninen.

Nous décidâmes d'en ouvrir le tiers et enfouîmes les autres dans le sable. En plus de celles que nous comptions manger sans attendre, nous en gardâmes quelques-unes pour ceux qui étaient partis dans la jungle.

Les feux éteints furent rallumés avec allégresse. Nous ouvrîmes les boîtes et en sortîmes du poulet, des légumes et des pommes de terre frites. Comme les couvercles fermaient hermétiquement, la nourriture était en parfait état. Au comble du bonheur, nous commençâmes à manger nos morceaux de poulet.

Certains d'entre nous dégustaient leur ration lentement, en savourant chaque bouchée. Mais les autres étaient trop affamés pour éprouver un quelconque plaisir gastronomique. Ils enfournaient dans leur bouche de gros morceaux de viande qu'ils avalaient sans les mâcher et terminaient très vite leur part. Soudain, deux femmes qui avaient fini avant les autres arrachèrent des cuisses de poulet à leurs voisins et s'enfuirent dans la jungle avec leur butin. Se dissimulant dans la végétation, elles engloutirent aussitôt la nourriture qu'elles avaient volée.

Leur forfait agit comme un signal. Les gens sur la plage perdirent toute retenue : les dernières rations disparurent en un clin d'œil dans des bouches affamées et on commença à se disputer les restes. Ce

furent des instants dramatiques. Des mains avides
— parfois plusieurs en même temps — se saisis-
saient des denrées qui restaient autour des feux, et
celles-ci aboutissaient non seulement dans des
bouches auxquelles elles n'étaient pas destinées,
mais aussi en partie dans le sable, où on les piétinait
aussitôt.

Je m'emparai de portions intactes et courus dans
la jungle. J'entendis Vanninen qui criait d'une voix
furieuse :

— Ne touchez pas à ces restes !

Il répéta son injonction en suédois et en anglais.

Il me sembla que le groupe, affamé et pris de
folie, essayait dans sa frénésie d'exhumer les boîtes
en plastique mises en réserve dans le sable.

Je m'appuyai contre un arbre pour souffler, les
bras chargés de poulet chaud, et ne retrouvai mes
esprits qu'en entendant des voix derrière moi. Le
groupe de prospection envoyé dans la jungle reve-
nait de sa pénible expédition.

Les marcheurs, qui avançaient en file indienne,
s'arrêtèrent à ma hauteur. On me demanda sur un
ton glacial où j'avais trouvé toutes ces bonnes
choses.

Je répondis que j'avais sauvé ce que j'avais pu,
leur racontai brièvement ce qui s'était passé et offris
mes morceaux de poulet aux explorateurs visiblement affamés. Ils me crurent.

Passant à travers les taillis, nous retournâmes à la
plage où Vanninen se trouvait en mauvaise posture,
cerné par une horde furieuse, en majorité féminine.

Notre apparition inattendue eut un effet radical.
La cohue s'arrêta net.

Les hommes et les femmes qui s'acharnaient sur
Vanninen se dispersèrent, un peu honteux. Certains

se réfugièrent dans la jungle, d'autres entreprirent de justifier leur conduite. Vanninen soupira d'un air las :

— Je l'ai échappé belle !

Je songeai que les bonnes manières occidentales s'étaient décidément beaucoup relâchées, du moins en ce qui concernait les repas.

La crise était donc terminée. Les plus honteux revinrent sur la plage. Vanninen, la sage-femme brune et moi-même distribuâmes la viande restante aux nouveaux arrivants. Nous constatâmes que, même si quelques morceaux de poulet avaient disparu dans le sable, les dégâts n'étaient pas trop graves.

Les membres de l'expédition mangèrent d'un air fatigué. Ils étaient toutefois relativement satisfaits de leur voyage, et il y avait de quoi, car ils ramenaient près d'une dizaine de grosses grenouilles, trois serpents verts, une quinzaine de poignées de racines et quantité de fruits. C'était incontestablement un beau butin !

Lorsque tout le monde se fut sustenté, on se dispersa pour faire la sieste. Il était déjà midi et nous avions terriblement sommeil. Pour la première fois sur ce petit coin de terre, nous pûmes dormir le ventre plein.

6

Le lecteur sera peut-être désireux de savoir qui étaient les membres de notre groupe et ce qu'ils faisaient avant l'accident.

Comme le steward me l'avait appris avant que l'avion ne dégringole, l'appareil avait été loué par les Nations unies pour transporter du fret et des passagers. L'Organisation pour l'alimentation et l'agriculture et l'Organisation mondiale de la santé avaient recruté des Scandinaves — les travailleurs forestiers et le personnel médical déjà évoqués — pour des actions d'aide au développement. Les forestiers avaient pour mission de contribuer au lancement d'une activité d'abattage industriel dans les forêts intérieures de l'Inde ; ils devaient principalement former des professeurs de travaux forestiers pour l'industrie indienne de la pâte de bois. Leur mission devait durer un an.

L'équipe sanitaire se rendait elle aussi en Inde, ainsi que chez son voisin, le Bangladesh. Il était prévu que les infirmières suédoises seraient dispersées aux quatre coins du sous-continent indien pour assurer des activités de formation et que les sages-femmes finlandaises iraient au Bangladesh enseigner les méthodes de contrôle des naissances. À cet effet, l'avion transportait plusieurs millions de stérilets en cuivre fabriqués par la société Outokumpu, ainsi que plusieurs millions de pilules contraceptives, pour celles qui auraient le courage de les avaler et qui sauraient compter jusqu'à trente. Les médecins — Vanninen et les deux Norvégiens — avaient été associés à la mission afin d'encadrer les groupes de femmes. Vanninen devait se rendre au Bangladesh avec l'un des deux Norvégiens, l'autre étant envoyé dans les environs de Calcutta. La durée de la mission sanitaire était de deux ans. L'accident de l'avion britannique était donc éminemment regrettable : il se traduirait sans doute par des milliers, voire des millions de grossesses non désirées ! Quant à l'industrie indienne de la pâte de bois, les conséquences de cet événement pour sa compétitivité internationale étaient incalculables !

L'avion devait d'abord faire escale en Australie, où il aurait chargé encore un peu de fret, avant de se diriger sur New Delhi en survolant l'océan Indien. Je l'avais pris pour me rendre en Australie en vue de réaliser des reportages sur les plus grands buveurs de bière du monde et autres frustrés du nouveau continent.

L'équipage britannique était évidemment au service de sa compagnie, et, selon Taylor, dans son cas au moins, l'accident n'avait entraîné qu'un changement relativement mineur par rapport à ses projets initiaux : il avait en effet décidé de prendre un mois de vacances dès son retour à Londres et de partir avec sa famille dans un endroit agréable sous les tropiques. Il reconnaissait que sa famille était restée hors du coup, de même — et c'était encore cela le plus triste — que les repas normaux et le confort élémentaire, sans oublier l'alcool et les bons cigares, qu'il fumait seulement quand il était en vacances, car fumer le cigare raccourcissait le souffle et ne seyait guère à un pilote de Trident renommé.

Dans l'après-midi, après ce déjeuner turbulent, la sage-femme brune vint me trouver, l'air un peu inquiet. Lorsque je lui demandai ce qui la préoccupait, elle me répondit que les infirmières suédoises exigeaient des funérailles selon le rite luthérien. On se souvient que deux personnes avaient trouvé la mort dans l'accident et que leurs dépouilles avaient été enterrées dans le sable le lendemain. Les Suédoises affirmaient maintenant qu'il convenait de dire adieu aux défunts d'une façon plus solennelle ; les corps enterrés à la hâte n'avaient pas été inhumés en bonne et due forme.

J'appelai Vanninen et lui exposai le problème, en précisant que, pour ma part, je trouvais que déterrer les cadavres et organiser des funérailles serait un travail pénible et, en un certain sens, plutôt grotesque. J'ajoutai que cela ne serait sans doute pas une cérémonie très pieuse.

Vanninen alla parlementer avec les Suédoises, qui avaient choisi comme porte-parole Mme Sigurd, une femme d'une cinquantaine d'années, à la voix perçante, qui ne parlait que le suédois. C'était elle qui avait proposé d'interdire l'usage du finnois comme langue de communication sur cette malheureuse plage, y compris entre Finlandais !

Vanninen essaya d'expliquer aux Suédoises que les corps étaient certainement en voie de décomposition et que leur projet d'exhumation était des plus douteux. Mais elles soutenaient le contraire, affirmant qu'un corps ne se décomposait pas en quelques jours et que ce serait un plus grand péché de laisser ces morts là où ils étaient que de les inhumer décemment, fussent-ils un peu abîmés. Vanninen déclara que, dans ce domaine, la décision appartenait en général à la famille et à l'Église dont le défunt faisait partie. Or, en l'occurrence, ni l'une ni l'autre ne pouvaient être consultées. Les Suédoises répondirent que, puisque les circonstances empêchaient de prévenir la famille, leur devoir était de la remplacer.

C'est alors qu'intervint un forestier finlandais du nom de Lakkonen, qui avait travaillé pendant de nombreuses années dans le nord de la Suède comme coupeur et traîneur de bois.

— Écoute-moi, mémé, dit-il. Le plus important, c'est de trouver de quoi bouffer et de se tirer de cette île de merde. Alors on va pas perdre du temps à s'occuper des morts. Et même si ça vous amuse de déterrer la fille qui s'est fait hacher menu par les requins, il n'est pas question que vous touchiez au corps de Mikkola.

Mme Sigurd se fâcha. Elle traita Lakkonen de grossier personnage et l'accusa d'attenter à la mémoire des défunts. Il n'avait pas le droit de profiter du fait qu'il était le plus fort pour priver Mikkola du service funèbre auquel il avait droit.

Lakkonen s'indigna lui aussi en affirmant qu'au Japon encore, Mikkola était un communiste convaincu et n'appartenait à aucune Église, et que, de toute façon, il était hors de question d'aller déterrer sa charogne !

— Vieille folle ! ajouta-t-il. On devrait te balancer à la flotte pour te rafraîchir le ciboulot !

Vanninen et moi demandâmes à Lakkonen de partir, après lui avoir promis que le corps du mécanicien ne serait transféré nulle part.

Restait toutefois le problème de l'infirmière suédoise. Mme Sigurd, plus résolue que jamais, réclamait que sa collègue puisse être enterrée de nouveau.

— Bon, admettons, concédai-je, mais où allons-nous trouver un pasteur luthérien ? Ne serait-il pas contraire aux usages religieux de célébrer une cérémonie funéraire sans avoir la formation nécessaire et sans avoir reçu l'ordination qui seule confère le droit d'exercer les fonctions pastorales ?

Mme Sigurd rejeta ces objections idéologico-juridiques en déclarant froidement que ses collègues et elle savaient chanter des cantiques en suédois et que, compte tenu des circonstances, cela serait suffisant.

Je voyais que la sage-femme brune et Vanninen commençaient à en avoir assez de cette discussion grotesque. Pour mettre un terme au débat, Vanninen proposa une solution de compromis.

— Nous pourrions décider que vous vous occuperez de l'inhumation de votre compatriote ; mais cela devra être fait cette nuit même ; le lieu de la nouvelle inhumation devra se trouver suffisamment loin dans la jungle et la fosse devra être suffisamment profonde, car il y a des raisons de supposer qu'un corps en aussi mauvais état peut répandre des maladies dangereuses. En outre, nous ne vous autorisons pas à construire un cercueil ni à utiliser les gilets de sauvetage pour envelopper le corps.

En ronchonnant un peu, Mme Sigurd accepta la proposition et entreprit aussitôt d'envoyer une équipe creuser une tombe.

Mais il n'y avait pas de pelle.

De loin, nous vîmes qu'une scission était sur le point de se produire dans le groupe des Suédoises :

les infirmières les plus jeunes semblaient désireuses de rester à l'écart. Mais les récalcitrantes furent ramenées d'une main de fer dans le groupe des dévotes.

Mme Sigurd alla chercher la large pagaie du radeau pneumatique, en affûta un côté sans rien demander à personne et conduisit ensuite ses compatriotes un peu embarrassées dans la jungle. Olsen, l'un des médecins norvégiens, se rapprocha de Vanninen et dit en secouant la tête :

— Je crains que cette femme ne nous donne encore beaucoup de fil à retordre.

Dans la jungle, aux environs de minuit, les jeunes Suédoises, qui avaient de jolis filets de voix, commencèrent à chanter, harcelées par les insectes, autour des restes de leur consœur déchiquetée. Cette jeune femme qui avait été si belle exhalait à présent une odeur pestilentielle, qui nous avait sauté aux narines lorsque ses restes étaient passés devant nous un moment plus tôt.

En vérité, je préférerais garder le silence sur cet événement, tant il me paraît aujourd'hui encore insensé. Je n'oublierai jamais les odeurs associées à ces étranges funérailles, ni la main de la défunte qui tomba du brancard de fortune juste au moment où le cortège passait devant mon feu en train de s'éteindre. Je me levai instinctivement, ramassai cette main arrachée par un requin et la rejetai aussitôt sur le sable : ce membre mort était une chose molle et puante couverte de mouches bourdonnantes. Mme Sigurd, furieuse, posa son extrémité du brancard, saisit vivement la main tombée sur le sable et la remit avec les autres morceaux de la défunte. Puis elle me jeta un regard assassin. Dès cet instant, je sus qu'elle me haïssait.

Je courus jusqu'à la mer pour me laver la main et la frottai dans le sable jusqu'à ce qu'elle soit complètement rouge. Alors seulement, je compris à quel point ma conduite avait été indélicate. J'avais mal au cœur, mais je ne vomis pas. Je crois que si je l'avais fait, j'aurais fini découpé en morceaux par Mme Sigurd, qui m'aurait envoyé tenir compagnie à Mikkola ou à cette Suédoise morte.

Cette nuit-là, les cigales chantèrent comme toutes les nuits, mais elles n'étaient pas seules : la rumeur sourde des cantiques en suédois se mêlait à leur stridulation et tous ceux qui étaient restés sur la plage sans prendre part à la cérémonie ne purent fermer l'œil. Au petit jour seulement, la tombe fut rebouchée et les luthériennes épuisées revinrent dormir parmi nous. Pour la première fois, des clivages nationaux et religieux s'étaient fait jour dans notre groupe.

7

Le lendemain de ces funérailles suédoises, une deuxième équipe partit explorer l'épave et réussit à récupérer le reste des boîtes de nourriture et un sac de lait en poudre imbibé d'eau. Grâce à un rationnement très strict, notre situation alimentaire paraissait satisfaisante, du moins pour les deux ou trois jours à venir. Nous pourrions ainsi récupérer un peu et commencer à réfléchir aux moyens de quitter définitivement ce coin perdu.

Nous envoyâmes des équipes de plusieurs personnes explorer les environs : une de chaque côté le long du rivage et deux dans la jungle, l'une avec la hache, l'autre avec le poignard. On décida que chaque groupe marcherait toute la journée dans la direction qui lui avait été fixée et reviendrait le lendemain.

Les explorateurs furent engagés à ne prendre aucun risque inutile. Leur but principal devait être de rester en vie et de recueillir des informations sur la région. Chaque groupe comprenait trois hommes et trois femmes. Le gros de la troupe resta sur la plage pour installer un camp provisoire. Je restai moi aussi et je dois dire que ce fut avec plaisir, car ma poitrine me faisait toujours mal.

Nous ne manquions pas d'occupations. Sous le toit de l'infirmerie étaient allongés huit blessés que l'on soignait du mieux qu'on pouvait. Deux jeunes filles avaient des problèmes de viscères, un forestier avait reçu un coup sur la tête et n'avait pas le droit de se lever à cause d'une commotion cérébrale manifeste, trois malheureux avaient des membres cassés — la jambe pour deux d'entre eux, le bras pour le troisième. Ils avaient mal et, avec l'humidité ambiante, les attelles confectionnées à partir des gilets de sauvetage serraient et chauffaient leurs membres cassés. Les autres n'avaient que des lésions sans gravité en différents endroits du corps. Aucune des personnes blessées lors de l'accident n'était dans un état tel que l'on eût pu craindre pour ses jours.

Quoi qu'il en soit, on s'efforçait de les soigner, et ce n'étaient pas les infirmières et les médecins qui manquaient, mais plutôt le matériel médical.

Au cours de ces journées, nous traînâmes sur la plage d'importantes quantités de bois que nous allâmes chercher dans la jungle, puis nous allumâmes des feux pour la nuit, avec l'espoir que, peut-être, un pilote d'avion les apercevrait et viendrait nous demander ce qu'il pouvait faire pour nous. Mais personne ne vint nous proposer ses services, bien que les feux brûlassent toute la nuit.

En déchirant les gilets de sauvetage, nous construisîmes des sortes d'auvents sous lesquels nous nous abritâmes pour dormir. De temps en temps, il pleuvait, et bien que la pluie fût tiède, cela finissait à la longue par être désagréable — rien à voir avec une douche froide dans une salle de bains d'hôtel après une journée de transpiration.

Absorbés par nos activités, nous ne vîmes pas passer le temps et fûmes un peu surpris lorsque la première équipe revint, deux jours plus tard, de son expédition. Il s'agissait de ceux qui étaient partis explorer la côte vers l'est ; ils avaient marché deux jours durant sans rien trouver de particulier : la plage était tantôt large, tantôt étroite, et la jungle s'étendait parfois jusqu'à la mer. Ils avaient vu des récifs et des anses les unes derrière les autres. Rien qui mérite d'être mentionné.

Le deuxième groupe avait été envoyé vers l'ouest, c'est-à-dire là où j'avais moi-même erré auparavant. Eux non plus n'avaient trouvé aucun indice d'une présence humaine. Ils signalèrent toutefois que, par là-bas, la jungle paraissait un peu moins dense et qu'il y poussait peut-être des cocotiers. Ils avaient vu aussi une grosse tortue de mer et de nombreuses traces laissées par ses congénères. Cette nouvelle était plutôt réjouissante.

L'une des deux équipes envoyées dans la jungle revint tard dans la nuit. Elle ramenait des chargements de fruits de toutes sortes et deux marcassins presque nouveau-nés. Tout heureux, ses membres expliquèrent qu'ils avaient essayé de chasser une grosse laie, mais qu'ils avaient eu le dessous. La laie avait toutefois dû abandonner sa portée aux chasseurs sans scrupule. Ceux-ci avaient mangé un marcassin sur place et ramenaient les deux autres au camp après les avoir écorchés (ce groupe était celui qui avait emporté le poignard). Nous embrochâmes les marcassins et les dévorâmes en un clin d'œil, en regrettant seulement de ne pas avoir de sel. Chacun put manger quelques grammes de viande.

Le dernier groupe, quant à lui, arriva avec beaucoup de retard. Nous redoutions qu'il ne se soit heurté à des difficultés, et nos craintes n'étaient pas dénuées de fondement. Assez loin dans la forêt, il avait en effet rencontré un serpent venimeux, qui avait mordu un mécanicien finlandais à la poitrine. L'homme avait été gravement empoisonné et il avait fallu le soigner pendant une journée avant qu'il parvienne péniblement à suivre les autres jusqu'à la plage. Une jeune infirmière suédoise lui avait fait mille manigances, peut-être même des passes magiques, et c'était apparemment grâce à elle qu'il s'était remis. Ce groupe ne rapportait aucune information, sinon que la jungle ne semblait pas avoir de fin.

Je demandai à tous les explorateurs s'ils avaient vu des pierres sur leur chemin.

Les groupes de la jungle dirent que le terrain était par endroits très inégal. On trouvait de l'eau claire et de la terre ferme, et entre les deux, sous l'épaisse couche noire et humide de déchets végétaux, il y avait vraiment de tout. De sorte qu'on y trouverait certainement des cailloux si on se donnait la peine de chercher.

J'indiquai que, la prochaine fois que quelqu'un irait dans la jungle ou se promènerait sur la plage, ce serait bien s'il pouvait ramener une grosse pierre lisse. On s'en servirait pour affûter la hache et le couteau, qui commençaient à être passablement émoussés.

8

Vanninen examina ma poitrine et me dit que tout allait bien. J'arguai mollement que j'avais encore des douleurs quand j'inspirais à fond, mais il n'y attacha aucune importance ; il m'assura que c'était normal et sans gravité.

À l'issue de l'examen médical, je fus déclaré guéri et désigné pour faire partie de l'équipage du radeau pneumatique. Nous avions en effet décidé d'envoyer une nouvelle expédition sur l'épave. Je fus accompagné d'Olsen et de deux bûcherons, Lämsä et Lakkonen.

Une bonne semaine s'était écoulée depuis l'accident et les vivres commençaient de nouveau à s'épuiser. Nous poussâmes le radeau pneumatique à la mer et partîmes à la rame en direction de l'épave.

L'eau était étonnamment claire : on voyait distinctement le fond, bien qu'il fût par endroits à une vingtaine de mètres. Si les vagues n'avaient pas agité la surface, on se serait plongé avec délice dans l'observation de la vie sous-marine. Au-dessous des vagues fourmillaient des bancs de petits poissons vifs et colorés ; de temps en temps, on apercevait l'ombre d'un poisson plus gros. Nous ne vîmes pas le moindre requin. Le fond était multicolore. Nous comprîmes que c'étaient là les coraux dont on parlait dans les livres de géographie.

Plus loin vers le large s'étendait l'océan houleux, dont les vagues puissantes venaient se briser sur la barrière de corail avec un grondement terrifiant. Des colonnes d'eau s'élevaient très haut et de l'écume blanche jaillissait dans les airs. Entre les vagues, des oiseaux de mer se posaient sur le récif, d'où ils s'envolaient avec majesté lorsqu'une nouvelle vague se fracassait contre leur perchoir.

Après un long balancement, nous atteignîmes approximativement l'endroit où devait se trouver l'épave. Nous commençâmes à décrire des cercles de plus en plus larges afin de trouver l'avion. Nous n'eûmes pas besoin de le chercher longtemps, car il se voyait de loin au fond de la mer. La lumière du soleil se reflétait sur ses flancs comme dans un miroir et son immense silhouette prenait au gré des vagues des formes étranges.

Nous amenâmes le radeau juste au-dessus et regardâmes un instant le fuselage détruit. Il reposait à une quinzaine de mètres de fond. Si la gouverne de direction avait été intacte, elle aurait presque dépassé de la surface.

L'épave était gravement endommagée. La gouverne avait dû être brisée par la houle ou par les courants. Le fuselage était en grande partie intact, même s'il paraissait tordu, et peut-être même cassé, vers le milieu. L'une des ailes manquait, l'autre était presque arrachée et rabattue contre le fuselage comme celle d'un oiseau endormi. La cabine de pilotage était écrasée. L'épave gisait, légèrement penchée sur le côté, le cockpit défoncé tourné vers le large, vers les récifs assez proches — deux cents mètres environ — qui mugissaient dans les vagues. L'océan grondait puissamment en venant les frapper, mais de notre côté, les vagues étaient peu nombreuses et plus petites que près de la plage.

Nous n'avions guère de mal à maintenir le radeau au-dessus de l'épave.

Nous eûmes beau scruter l'eau claire aussi attentivement que possible, nous ne vîmes pas le moindre requin. Nous décidâmes donc de commencer à plonger. Le premier à descendre fut Olsen. Il inspira profondément et sauta. Il était manifestement bon nageur et atteignit l'épave sans difficulté. Il essaya d'abord d'entrer par la vitre brisée de la cabine de pilotage, puis il changea d'avis et se dirigea vers le milieu de l'avion, où béait le trou laissé par l'aile arrachée. Mais il manqua d'air avant d'avoir pu entrer dans l'appareil et dut remonter à la surface.

Pendant qu'il reprenait des forces en vue de sa prochaine descente, je rassemblai mon courage, enlevai les quelques vêtements qui me restaient et plongeai.

L'eau était merveilleusement chaude et claire : je pouvais garder les yeux ouverts, ce que je ne faisais pas d'habitude dans le golfe de Finlande. Je m'étonnais que l'eau de mer ne me pique presque pas les yeux, bien qu'elle fût plus salée ici. Les poumons gonflés d'air, je descendis jusqu'à l'épave. Je ne commis pas l'erreur d'Olsen et entrai directement par la déchirure centrale.

Il faisait très sombre. J'avançai à tâtons à l'intérieur de l'avion. Celui-ci me parut très différent de ce qu'il était le jour où j'y étais monté à l'aéroport international de Tokyo. La pression de l'eau comprimait affreusement ma poitrine. J'espérais que Vanninen savait ce qu'il disait en affirmant que mes côtes pouvaient tout supporter.

Je me cognai le genou et faillis pousser un cri, mais je me retins, car je tenais à remonter sain et sauf. Sous l'eau, les coups sont beaucoup plus douloureux qu'à la surface, je me demande bien pourquoi.

Peu à peu, mes yeux s'habituèrent à l'obscurité qui régnait à l'intérieur de l'épave. La porte de la soute, à l'arrière, oscillait lentement sur ses gonds, poussée par un courant. Je pénétrai dans la soute et, comme par un fait exprès, ma main rencontra une boîte métallique de la taille d'un casier à bouteilles. Je la calai sous mon bras et décidai de remonter sans attendre, car je commençais à manquer d'air. Je réussis avec une facilité étonnante à sortir de l'épave. À deux doigts de suffoquer, je me demandai un instant si je ne ferais pas mieux d'abandonner la lourde boîte, mais décidai tout de même d'essayer de la ramener.

Ce ne fut guère facile. La surface qui brillait là-haut, dans la lumière éclatante du soleil, paraissait inaccessible. J'émergeai enfin à l'air libre et pus cracher l'eau que j'avais dans la bouche et aspirer de l'oxygène à la place.

Mes deux équipiers m'aidèrent à grimper sur le radeau avec ma boîte. Nous étions tous heureux de cette belle prise.

Après moi, Olsen plongea de nouveau et ramena une boîte identique à la première. Lakkonen plongea aussi, mais Lämsä refusa. Lorsque nous lui en demandâmes la raison, il nous dit :

— Je ne sais pas nager.

Nous exprimâmes notre surprise et voulûmes savoir pourquoi il ne l'avait pas dit plus tôt, sur la plage.

— C'est que... là-bas, devant tout le monde... j'ai pas osé.

Il nous pria de ne pas révéler son secret et promit d'apprendre à nager dès que possible. Nous lui jurâmes de ne rien dire.

Ce fut Lakkonen qui ramena le plus beau butin : trois cognées et une boîte cassée d'où sortaient des outils. Ce succès nous fit hurler de joie.

Nous retournâmes sur la terre ferme. Tout le monde se précipita pour tirer le radeau sur la plage. On admira nos trophées et on nous félicita.

Les haches furent transportées avec enthousiasme sous un auvent, de même que les autres outils, puis la troupe traîna sur la plage les deux boîtes en tôle qu'Olsen et moi avions rapportées de l'épave.

— Elles contiennent du matériel médical, dit le Norvégien, qui entreprit d'en ouvrir une. Les fermetures émirent un claquement joyeux et le couvercle se souleva brusquement en dévoilant le contenu.

La boîte était pleine de petits objets métalliques en forme de spirale terminée par une petite queue. Je ne comprenais pas ce que ces milliers d'objets identiques pouvaient bien être. Une rumeur d'étonnement parcourut le groupe rassemblé autour d'Olsen. Quelqu'un se mit à glousser.

Vanninen, qui était venu voir lui aussi le contenu de la boîte, expliqua :

— Ce sont des stérilets, les derniers modèles en cuivre d'Outokumpu que nous devions apporter en Inde.

L'autre boîte fut ouverte avec une précipitation furieuse.

Elle aussi était pleine de stérilets.

La déception du groupe se changea en un rire hystérique, qui s'interrompit brusquement lorsque Olsen referma le couvercle des boîtes et dit :

— Inutile de rire. Ces objets pourraient nous être plus utiles que vous ne croyez.

Puis il alla mettre les boîtes à l'abri sous l'auvent.

— Peut-être en aurions-nous déjà eu l'usage, ajouta-t-il en revenant.

Taylor fit remarquer que l'on pouvait aussi s'en servir pour confectionner des hameçons et des aiguilles.

9

Lorsque vingt-six femmes et vingt-deux hommes, tous adultes et la plupart relativement jeunes, doivent vivre ensemble sur une île déserte, leur intérêt, en plus de la satisfaction des besoins fondamentaux comme manger et dormir, finit inévitablement par se porter sur l'autre sexe.

Plus d'une semaine s'était écoulée depuis l'accident et les hommes et les femmes commençaient à se sentir attirés les uns vers les autres. On peut imaginer à quoi les malheureux s'occupaient la nuit dans la jungle.

Un mécanicien forestier originaire de Rovaniemi et répondant au nom d'Ala-Korhonen déployait en la matière, depuis le début, une énergie assez remarquable, sans grands résultats toutefois. Il était assez petit et ne parlait couramment aucune autre langue que le finnois. Son anglais très rudimentaire ne l'empêchait pas cependant de faire des tentatives avec les hôtesses de l'air.

Je fis moi aussi des propositions à plusieurs femmes du camp, mais n'eus pas davantage de succès qu'Ala-Korhonen. Un soir où nous parlions de cela tous les deux autour du feu, il me dit :

— Peut-être qu'on n'est pas suffisamment romantiques ?

Mais il conclut finalement que le problème n'était pas forcément là. Il me raconta l'histoire d'un maçon de Rovaniemi qui avait décidé de se marier, au début des années soixante. C'était un homme d'une quarantaine d'années, assez laid, très porté sur la bouteille et encore sans ressources, mais il avait décidé qu'il se marierait et qu'il épouserait la femme qu'il voudrait. Personne ne l'avait cru.

— À l'été soixante-deux, pendant les vacances, il est allé pêcher à Kuusamo. Il a acheté une tente et il est parti dans les forêts inhabitées du parc naturel d'Oulanka. Là, il passait ses journées à se promener et à pêcher. Cet été-là, à Oulanka, se tenait le congrès mondial des biologistes. Le maçon, qui avait épuisé ses provisions, a voulu acheter du lait au centre de recherches. Il est entré au hasard dans la salle de conférence et a interrompu une communication en anglais pour demander du lait ! Il avait l'air d'un vrai sauvage ! Évidemment, on ne lui a pas donné de lait et il est allé fumer une cigarette dans la cour. Peu de temps après, une grande Canadienne, docteur en biologie, est sortie de la salle et lui a demandé en anglais si elle pouvait l'aider. Elle avait dû avoir pitié de lui.

Le maçon lui a répondu que le lait ne l'intéressait plus, mais que si elle voulait vraiment l'aider, elle n'avait qu'à se marier avec lui. Comme elle ne comprenait pas le finnois, elle est allée chercher à l'intérieur un interprète, qui lui a traduit le discours du maçon. Elle est restée parfaitement calme et a répondu que si celui-ci avait l'obligeance de revenir le soir au centre, elle pourrait lui donner une réponse.

L'autre est allé planter sa tente sur une hauteur proche et a attendu le soir, mais, au lieu de retourner au centre, il a continué tranquillement à entretenir son feu. À huit heures, la Canadienne est sortie dans la cour et a regardé en direction de la montagne.

Comme le maçon ne venait pas, elle a envoyé jusqu'à sa tente un universitaire finlandais pour lui annoncer qu'elle était d'accord. C'était une jolie femme.

Ala-Korhonen expliqua encore que s'il connaissait aussi bien les détails de l'histoire, c'était parce que le maçon était revenu deux ans auparavant à Rovaniemi, pendant l'été. Il habitait au Canada avec sa biologiste. Ils avaient deux enfants. Là-bas, il était devenu directeur des ventes chez un constructeur automobile. Il parlait couramment l'anglais. Il portait un costume bleu clair. Et il n'avait pas du tout attrapé la grosse tête, même après s'être marié avec une telle femme. Celle-ci continuait à l'aimer très fort.

Un soir, la sage-femme brune et Vanninen vinrent me trouver. Ils avaient quelque chose d'important à me dire.

— Il semble que nous soyons condamnés à attendre ici pendant un certain temps encore, peut-être plusieurs semaines, avant que l'on nous retrouve, dit la sage-femme. Le Dr Vanninen et moi avons pensé qu'il serait judicieux de poser des stérilets aux femmes les plus jeunes, puisqu'il se trouve que les hommes sont assez nombreux sur cette île.

Elle était tout à fait sérieuse en expliquant cela. Elle me faisait penser à une sage-femme municipale essayant de convaincre une mère de famille nombreuse réfractaire au stérilet. Je me ralliai aussitôt à cette proposition.

Après avoir discuté un certain temps, nous décidâmes que personne ne serait obligé de se faire poser un stérilet, mais que celles qui le souhaitaient en auraient la possibilité. Nous annonçâmes la nouvelle avant la tombée du jour : le lendemain ouvrirait dans la jungle un centre de planning familial. Ses services seraient accessibles librement à toutes les femmes du camp pendant un mois. Les stérilets devaient être posés à un moment donné du cycle menstruel, de sorte que nous ne redoutions pas des files d'attente trop longues.

Nous attirâmes l'attention des femmes sur le fait qu'une grossesse non désirée, dans les circonstances où nous nous trouvions, serait certainement assez déplaisante et risquait de leur poser plus tard, en Europe, des problèmes plus importants encore, car bon nombre d'entre elles avaient un mari ou un compagnon qui les attendait dans le monde civilisé.

Le lendemain, les médecins du camp, Vanninen, Olsen et Kristiansen, partirent dans la jungle avec la sage-femme brune, en emportant une boîte de stérilets, une hache et le poignard.

Ils défrichèrent un petit espace qu'ils couvrirent d'un toit confectionné avec le tissu des gilets de sauvetage. Puis ils construisirent sous cet abri un genre de lit qui ressemblait à une civière en bois et comportait à l'une de ses extrémités des orifices pour les jambes, de sorte que, lorsque la patiente s'installait, ses jambes s'écartaient. Les innombrables lanières des gilets de sauvetage furent d'une aide précieuse dans ce travail de construction, car nous n'avions ni cordes ni clous qui nous eussent permis de fabriquer des tables gynécologiques en pleine jungle.

Ensuite, les médecins vidèrent la boîte à outils en métal, ils la placèrent sur un feu et la remplirent d'eau, qu'ils firent bouillir pour la stériliser. Ils sacrifièrent encore deux ou trois gilets de sauvetage pour confectionner des bandes de tissu.

Taylor se chargea de rassembler les candidates au stérilet pour les conduire à la clinique. La tâche fut assez aisée. Les femmes avaient eu toute la nuit pour réfléchir et onze d'entre elles se présentèrent. Les autres n'étaient pas encore dans une phase de leur cycle permettant la pose d'un stérilet.

En lisière de la jungle se forma un semblant de file d'attente. L'opération avançait à bonne allure à l'abri derrière la végétation. Une heure plus tard, les onze filles étaient équipées.

Mme Sigurd, qui était opposée au stérilet, essaya de rallier ses consœurs à sa position. Elle discuta avec la majorité d'entre elles toute la matinée, mais ses pressions n'eurent qu'un effet très limité.

Les hommes accueillirent l'entreprise avec une certaine satisfaction. Pendant toute l'opération, ils se tinrent à l'écart sur la plage, désœuvrés, un peu comme des villageois qui attendent les filles à la sortie des toilettes avant d'aller au bal.

10

La pose des stérilets ne nous était pas d'un bien grand secours pour lutter contre la faim.

Grâce à un strict rationnement, il nous restait de la nourriture européenne. Nous décidâmes de la laisser dans les boîtes à repas. Celles-ci étaient en plastique et le poulet s'y conservait bien. Nous essayions de manger les maigres dons de la nature que nous parvenions à recueillir.

La deuxième semaine, certains d'entre nous sombrèrent dans l'apathie ou devinrent irritables ; la sage-femme brune, Vanninen et moi-même dûmes affronter l'hostilité de quelques-uns. Mme Sigurd nous accablait de reproches au moindre prétexte, mais nous étions déjà habitués à ce que rien ni personne ne trouve grâce à ses yeux. Ce n'est que lorsque le mécontentement se propagea que nous commençâmes à nous inquiéter.

D'autres difficultés apparurent. Certains étaient réfractaires au travail : quand on constituait une équipe pour partir dans la jungle, on n'arrivait pas toujours à trouver des volontaires si on se contentait de le demander gentiment. Il fallait souvent se montrer autoritaire. Tout le monde était affamé et fatigué, et ces réticences étaient compréhensibles. On ne pouvait cependant les tolérer, car les secours ne semblaient pas pressés d'arriver et nous devions être capables de nous débrouiller tout seuls.

Au bout de quelque temps, les groupes qui partaient dans la jungle commencèrent à dissimuler, dans des endroits connus d'eux seuls, les aliments qu'ils trouvaient. Ils ne ramenaient au camp, pour l'usage collectif, qu'une partie de leurs prises.

La nuit, alors que tout le monde aurait dû dormir sur ses deux oreilles, des individus affamés se déplaçaient furtivement sur la plage, et ils n'étaient pas tous, loin de là, en train de tester la fiabilité des stérilets. Nombre d'entre eux allaient visiter leurs cachettes pour grignoter les provisions qu'ils y avaient entreposées.

Cette pratique se généralisa au fil des jours, et dès le milieu de la deuxième semaine, elle était déjà passée dans les mœurs. Il n'existait plus entre nous la moindre solidarité. La faim brisait nos forces morales et il était clair que le groupe courait à sa perte si aucun changement n'intervenait. La sage-femme brune, que nous commencions tous à apprécier pour sa droiture et sa bienveillance, nous déclara un jour, à Vanninen et à moi :

— Si nous ne quittons pas cette île rapidement, vous verrez qu'ils finiront par se manger entre eux.

Vanninen marmonna :

— Je suis vraiment surpris. Je me souviens du siège de Leningrad. Il faisait un froid de tous les diables et les gens n'avaient presque rien à manger. Les Allemands ont fait le siège de la ville pendant neuf cents jours, avec des tirs d'artillerie et des bombardements aériens, mais elle a tenu bon. Nous, nous ne sommes dans le pétrin que depuis très peu de temps, personne ne nous tire dessus et nous bénéficions d'un climat idéal ! Nous sommes vraiment bien faibles !

La sage-femme brune jugea que, pendant le siège, les habitants de Leningrad n'avaient le choix qu'entre résister ou périr. Les Allemands avaient clairement indiqué qu'ils réduiraient la ville en poussière. Vanninen répondit d'un air morne :

— À mon avis, nous n'avons guère plus le choix. Si ces dissimulations continuent, nous allons finir par mourir de faim. Nous n'avons vu personne sur cette île, aucun bateau, aucun avion, aucun être humain en dehors de nous. Il ne sera pas facile de partir. Je parierais que nous sommes ici pour longtemps. Cela peut même durer dix ans !

Il paraissait en effet assez peu probable qu'on vienne nous secourir dans un avenir proche. Les recherches éventuelles entreprises pour retrouver l'avion avaient dû s'orienter vers de mauvaises zones et on les avait évidemment abandonnées sans qu'elles aient donné de résultat. Pour l'Europe, nous étions morts.

La sage-femme brune émit l'idée que l'absence de solidarité était peut-être due au fait que les gens ne nous faisaient plus confiance et désiraient de nouveaux chefs. Vanninen était du même avis et proposa d'organiser des élections.

— Expliquons-leur que si l'ordre n'est pas rétabli, nous courons tous à notre perte et que si le groupe veut changer de dirigeants, nous cédons volontiers notre place à d'autres.

J'en avais un peu assez, moi aussi, de me démener pour cette bande d'ingrats.

Nous convoquâmes donc une assemblée générale.

Le groupe se rassembla mollement en ronchonnant. Peut-être craignaient-ils qu'on leur demande à nouveau de partir pour une pénible expédition de ravitaillement. Vanninen prit la parole. Il expliqua que l'esprit de coopération avait disparu et que si cela ne s'arrangeait pas très vite, le camp se détruirait tout doucement.

Nos compagnons écoutaient d'un air maussade. Lorsque Vanninen évoqua les dissimulations de nourriture, certains regardèrent leurs orteils, d'autres se mirent à fixer la mer d'un air offensé.

Ensuite, ce fut au tour de la sage-femme brune de faire un discours. Selon elle, des gens qui avaient reçu une formation sanitaire ou médicale et qui, en outre, avaient été choisis pour remplir des fonctions particulières au service des Nations unies devaient être capables de faire face aux situations les plus difficiles en gardant leur dignité morale et en servant sans faillir l'intérêt collectif.

Elle réprimanda habilement les membres du groupe et son discours fit son effet : les auditeurs furent pris de honte. Je prononçai moi aussi quelques mots, particulièrement à l'intention des forestiers finlandais. Je leur reprochai de se comporter comme des lâches et leur dis que, pendant les campagnes d'abattage dans le Nord, des hommes qui auraient agi comme eux auraient été sévèrement battus.

Pour finir, nous proposâmes d'organiser des élections.

C'est alors qu'Olsen intervint :

— À mon avis, nous n'avons nullement besoin de ces élections, en tout cas pas maintenant. Nous devrions plutôt constituer des équipes pour lesquelles nous désignerions des responsables et qui se spécialiseraient dans certaines tâches selon le principe de la division du travail. Il faudrait par exemple choisir des personnes compétentes pour pêcher, un groupe pourrait se familiariser avec la chasse, un autre pourrait continuer à récolter des fruits et des racines, un autre encore s'occuperait des malades, un autre de la cuisine.

La proposition d'Olsen paraissait raisonnable. L'assemblée se mit à en débattre avec enthousiasme. On finit par décider de former des équipes et de choisir leurs chefs.

La direction du groupe de la pêche fut confiée à Taylor. Il s'était proposé de lui-même pour cette fonction, justifiant sa candidature en disant qu'il croyait connaître assez bien tout ce qui avait trait à ce domaine et qu'il avait beaucoup pêché dans les eaux tropicales pendant ses vacances. Il avait ajouté qu'il aimait la pêche et que s'il n'était pas désigné à ce poste, il serait probablement impossible de lui faire assumer par la suite quelque responsabilité que ce soit.

Taylor fut donc accepté.

Mme Sigurd fut choisie pour diriger le groupe sanitaire, à la condition toutefois que, dans les situations difficiles, elle obéirait à nos trois médecins. Ce fut moi qui réclamai cette limitation de ses compétences et de ses droits comme condition de sa désignation, et personne ne s'y opposa.

Lakkonen fut chargé de veiller à ce qu'il y ait toujours du bois sur la plage, pour le feu comme pour les autres usages, et les deux ingénieurs des eaux et forêts, Raninen et Laakkio, furent nommés chacun chef d'un groupe forestier. Ils reçurent pour mission de développer la chasse et d'ouvrir des sentiers dans la jungle.

Les femmes constituèrent trois groupes de cueillette. La jolie Suédoise Gunvor, Maj-Len, presque aussi mignonne, et une Finlandaise du nom de Sirpa furent choisies pour les diriger.

La responsabilité des repas fut confiée à une Suédoise nommée Ingrid.

Après quoi la séance fut levée.

Les chefs de groupe se réunirent un peu plus tard et décidèrent que, dans l'immédiat, aucun d'eux ne se constituerait une équipe à la composition fixe. Les membres de chaque groupe seraient choisis dans la communauté selon les besoins. Ainsi, les chefs apprendraient à connaître les habitudes et les capacités de tous et chacun pourrait progressivement se concentrer sur la tâche qui lui conviendrait le mieux. Les chefs décidèrent également qu'ils auraient le devoir de participer comme simples travailleurs aux activités d'un autre groupe lorsqu'ils ne seraient pas occupés avec le leur. Les trois dirigeants du camp furent également soumis à cette obligation.

On décida que, pour commencer, tout le monde travaillerait du lever au coucher du soleil. Il était pour l'instant tout à fait impossible d'appliquer la législation européenne en matière de temps de travail.

Avant de clore la réunion, Taylor demanda ce qu'il conviendrait de faire si quelqu'un dissimulait encore de la nourriture ou commettait quelque autre délit.

— On ne va tout de même pas nommer aussi un policier sur cette maudite plage ! s'exclama Kristiansen.

L'ingénieur Raninen, qui avait quitté la commission forestière régionale de Kuopio pour faire ce voyage, déclara qu'on verrait bien comment punir les délits quand il y en aurait ; le contrevenant serait battu si c'était un homme et jeté à l'eau si c'était une femme.

On ne désigna pas de policier.

11

Quelques semaines après notre accident, la vie sur l'île prenait enfin un cours plus stable. La chasse et la pêche commençaient à porter leurs fruits, ce qui contribuait grandement à relever le moral des troupes.

À partir de divers objets en notre possession, Taylor avait réussi à confectionner quelques ustensiles de pêche assez efficaces et son groupe nous rapportait du poisson en abondance. Taylor faisait ses plus belles prises près des récifs ; avec les gilets de sauvetage, il avait bricolé une sorte d'épuisette qui lui permettait d'attraper du menu fretin. Les stérilets lui avaient servi à faire des hameçons et, en guise de ligne, il utilisait des fils de nylon prélevés sur les lanières des gilets.

Au menu de notre camp figuraient aussi des petites écrevisses que nous allions pêcher dans le lit d'une rivière située à quelques kilomètres de là. Cuites, elles étaient un vrai délice. Nous regrettions toutefois l'absence de sel. Nous aurions donné n'importe quoi pour en avoir un kilo.

Un jour, autant par plaisir que par intérêt, j'allai me promener sur la plage avec Ingrid, la cuisinière en chef, une jeune Suédoise sympathique aux cheveux bruns. Nous discutâmes de tout et de rien. Elle me parla de sa famille, en Suède, et moi de la mienne, en Finlande. Nous nous embrassâmes, et, comme elle avait un stérilet, nous poussâmes les choses un peu plus loin. Que pouvions-nous faire de plus agréable ?

Le soleil resplendissait tout en haut du ciel. Nous entendions, venant de la jungle, les cris des oiseaux et des singes. Le vent bruissait dans les épais feuillages. Nous savourions la vie, et les jours de disette qui avaient suivi l'accident s'effaçaient peu à peu de notre mémoire.

Nous étions arrivés très loin du camp, au fond d'une sorte de lagune assez vaste. La plage était large comme un terrain de football et couverte de traces d'hommes et de tortues. Alors que nous nous apprêtions à aller nous baigner pour la énième fois, Ingrid poussa un cri strident qui me vrilla les tympans.

Elle avait vu une tortue, que je ne tardai pas à apercevoir aussi.

Avant notre arrivée, cette créature devait se reposer ou peut-être manger des feuilles en lisière de la jungle. Lorsqu'elle nous avait vus, elle était partie sur la plage en ahanant pour rejoindre la mer salvatrice.

Elle était grosse comme une bassine de sauna et avançait à une vitesse impressionnante pour une tortue.

Mon sang ne fit qu'un tour !

Je courus comme un barbare après elle et empoignai sa queue osseuse. Elle se retourna dans un soubresaut, me forçant à lâcher prise, mais j'étais particulièrement résolu. Je me précipitai sur elle en brandissant la hache que nous avions emportée. La tête chenue haletait sous la carapace ; du sable fulgura devant mes yeux lorsque j'essayai de la frapper.

Soudain, nous entrâmes dans la mer. La tortue plongea au moment même où j'abattais mon arme en faisant gicler de l'eau de tous côtés.

Un seul coup n'avait pas suffi pour tuer la pauvre bête, qui poursuivait frénétiquement sa progression dans l'eau peu profonde. Je la frappai à plusieurs reprises sur la tête avec ma hache. Le fond s'abaissait peu à peu. Je cessai bientôt d'avoir pied et dus continuer à la nage.

À ce moment, la tortue aurait réussi à s'enfuir si elle n'avait pas lentement perdu connaissance. Ses pattes cessèrent de frétiller et les vagues nous ramenèrent sur le rivage.

Ingrid m'aida de toutes ses forces à tirer ma proie par la queue sur la plage, et lorsque, après avoir exploré le fond de la mer pendant un certain temps, nous eûmes récupéré la petite hache qui avait coulé, nous comprîmes, fous de joie, que nous avions capturé un animal qui pesait au moins deux cents kilos.

La vue de la tortue morte me causait une certaine tristesse. J'avais l'impression d'avoir tué mon beau-père. C'est pourquoi je demandai à Ingrid si elle voulait bien, en sa qualité d'infirmière, se charger de dépecer l'animal. Elle se mit au travail : après avoir ôté la carapace, elle saigna la tortue et commença à la découper en morceaux, en enlevant d'abord les viscères. Je regardai de loin cette opération sanglante, puis retournai au camp pour chercher des porteurs de viande.

Le soir, tout avait été ramené et nous organisâmes aussitôt un grand festin. Chacun put manger de la viande à satiété et il nous en resta.

Je tendis à Mme Sigurd un gros morceau de tortue. Elle me jeta un regard haineux et se mit à ingurgiter voracement sa ration. J'avais l'impression que c'était moi qu'elle mangeait, et non la tortue !

Cette nuit-là, je dormis avec Ingrid. Nous avions le ventre plein et la pluie nocturne ne nous dérangea pas. Pour la première fois, nous sentîmes que ce lieu désert pouvait aussi être autre chose qu'un endroit déplaisant et trompeur. Pendant la nuit, nous nous baignâmes dans les vagues bouillonnantes, et c'était bon.

12

Ala-Korhonen avait une gastro-entérite, vraisemblablement provoquée par le poisson cru. Il souffrait de sérieuses crampes d'estomac et il fallut l'installer sous le toit de l'infirmerie pour qu'il se repose. Il protesta, mais sans succès : il vomissait tout ce qu'il mangeait et avait une forte fièvre. Mme Sigurd s'occupa donc de lui. C'était une infirmière compétente. Elle déclara qu'il ne pourrait pas guérir si on ne lui administrait pas un lavement.

Mais nous ne disposions pas du matériel adéquat.

Elle se débrouilla donc avec les moyens du bord, et, après quelques petites modifications techniques, le gonfleur du radeau de sauvetage fit admirablement l'affaire. Elle fit bouillir de l'eau dans la boîte à outils, ordonna à Ala-Korhonen de se tourner sur le côté et, à l'aide de la pompe, injecta d'importantes quantités d'eau dans son rectum. Nous entendîmes jusque sur la plage les imprécations du malade, mais Mme Sigurd accomplissait sa tâche sans aucune concession : elle s'était assise sur le flanc du malheureux et pompait avec le pied pour faire entrer de l'eau dans son ventre.

Le traitement fut efficace. Dès le lendemain, Ala-

Korhonen put quitter son lit, et au bout de trois jours il était complètement guéri. Malgré ce résultat heureux, il n'éprouvait aucune gratitude pour l'infirmière dynamique. Il déclara à la cantonade qu'il saurait se souvenir du traitement qui lui avait été infligé. Il jugeait ces méthodes inhumaines, barbares et éhontées. Kristiansen eut beau lui assurer que, médicalement parlant, les soins qu'on lui avait dispensés étaient tout à fait appropriés, Ala-Korhonen gardait rancune à l'infirmière. Il nous semblait même qu'il commençait déjà à ourdir sa vengeance.

Peut-être les choses en seraient-elles restées là si Mme Sigurd ne s'était pas mise un jour dans une situation difficile.

Nous étions en train de cueillir des fruits dans la jungle. Nous nous étions aventurés assez loin du camp. Mme Sigurd avait grimpé à un cocotier sans tenir compte des avertissements. Cette femme énergique avait réussi à se hisser à plus de dix mètres et, de ses doigts solides, elle détachait des fruits qu'elle faisait tomber au pied du tronc. Lorsqu'elle les eut tous détachés, elle voulut redescendre.

Mais après avoir jeté un coup d'œil vers le bas, elle fut saisie par le vertige et n'osa plus faire le moindre geste. Désespérée, elle appela à l'aide. Nous accourûmes tous sur les lieux et, du pied de l'arbre, vîmes comment elle serrait le tronc entre ses deux bras, sans oser regarder vers le sol. La situation paraissait délicate.

Nous lui expliquâmes qu'elle pouvait redescendre en toute sécurité, mais elle n'avait pas le courage d'essayer.

Nous réfléchîmes intensément pour trouver un moyen de la tirer de ce mauvais pas. La plage était loin, de sorte que la construction d'une échelle nous aurait demandé plusieurs heures. D'ici là, Mme Sigurd aurait eu largement le temps de se fatiguer et de tomber.

C'est alors qu'Ala-Korhonen ôta ses chaussures et se cracha dans les mains.

— Je vais aller la chercher, la petite dame, moi, déclara-t-il sur un ton chargé de menaces. Et avant que nous eussions pu l'en empêcher, il commença à grimper à l'arbre. Il progressait à bonne allure le long du tronc épais.

Le postérieur tremblant de Mme Sigurd se profilait au-dessus de lui, et Ala-Korhonen, le regard fixé sur cet objectif, s'élevait de plus en plus haut. L'arbre se mit à osciller. Mme Sigurd jeta un regard affolé vers le bas. En voyant approcher son sauveteur, elle poussa un cri d'horreur et il s'en fallut de peu qu'elle ne tombe de sa branche.

— La petite dame ne doit pas avoir peur, rugit Ala-Korhonen d'une voix terrifiante. Les secours arrivent !

La malheureuse hurla de toutes ses forces. Elle devait se souvenir de l'infirmerie et de la pompe à lavement.

Ala-Korhonen progressait lentement mais inexorablement vers la cime de l'arbre. Lorsqu'il arriva à proximité de Mme Sigurd, celle-ci essaya de l'empêcher d'aller plus haut en lui donnant des coups de pied à la tête, mais en vain : il grimpa jusqu'à elle, la saisit par la taille et la plaqua contre le tronc afin qu'elle ne risque plus de le faire tomber avec ses gesticulations.

Il était tout essoufflé et attendit que sa respiration se régularise. Renonçant à se débattre, Mme Sigurd se contentait de regarder son sauveteur, les yeux agrandis par la terreur.

Après avoir repris son souffle, Ala-Korhonen commença à imprimer à l'arbre un mouvement de balancier. Le tronc immense se pliait dangereusement et nous lui ordonnâmes de cesser de terroriser la pauvre infirmière.

Il beugla alors d'une voix effrayante :

— Moi Tarzan, toi Jane !

Mme Sigurd sanglotait en silence. De temps en temps, elle jetait un coup d'œil vers le sol et sa frayeur redoublait, elle s'accrochait de ses solides bras de femme à l'homme dont seul le tronc la séparait. Ala-Korhonen faisait osciller l'arbre en riant comme un dément.

Enfin, il jugea que cela suffisait et annonça à Mme Sigurd qu'ils allaient maintenant redescendre bien gentiment, ce qui eut pour effet de la calmer un peu.

La descente fut assez malaisée. Des morceaux d'écorce se détachaient du tronc et tombaient par terre. L'infirmière tremblait de tout son corps, mais elle avait cessé de pleurer et de crier. Elle s'agrippait convulsivement à Ala-Korhonen et le couple descendait lentement.

Lorsqu'il ne resta plus que deux ou trois mètres, Ala-Korhonen dit à Mme Sigurd qu'elle pouvait sauter. Elle jeta un regard vers le bas et s'exécuta, immédiatement suivie par son bienfaiteur. En poussant un terrible juron, elle lui donna une gifle sonore. Il recula, et nous allâmes calmer la virago en colère. Lorsqu'elle eut retrouvé son sang-froid, elle considéra un instant la cime de l'arbre, puis Ala-Korhonen qui se tenait un peu en retrait. Elle sourit d'un air las et dit :

— Merci tout de même, monsieur.

13

Après le dépeçage de la tortue, la situation alimentaire du camp devint tout à fait satisfaisante et ne connut pas de nouvelle dégradation.

Taylor ramenait du poisson, on déterrait des racines, nous avions des fruits en abondance, ainsi que des écrevisses et autres crustacés, et de temps en temps, les groupes dirigés par les bûcherons finlandais réussissaient à capturer des marcassins. Nous mangeâmes sans inquiétude la nourriture récupérée dans l'avion, pour ne pas la laisser moisir. Seul le sel continuait à nous manquer.

Certains jours, nous avions même plus de provisions que nous n'en pouvions manger. Avec la chaleur, une partie d'entre elles devenait rapidement impropre à la consommation.

Nous essayâmes de creuser sur la plage des sortes de caves, mais elles se remplissaient d'eau et il n'était pas possible d'y conserver de la nourriture. Le sable était chaud, comme probablement toute l'écorce terrestre dans cette région du globe.

Un jour, le steward nous déclara qu'il avait été scout dans sa jeunesse et qu'il pourrait peut-être faire quelque chose.

— Qu'est-ce que les scouts ont à voir là-dedans ? demanda Lämsä, dubitatif.

Le steward commença à exposer son idée. Il expliqua que, si nous cousions les unes aux autres des pièces de tissu récupérées sur les gilets de sauvetage pour en faire un morceau unique de la taille d'un drap de lit, il pourrait fabriquer un réfrigérateur.

La chose paraissait tout à fait impossible, mais l'idée d'avoir un réfrigérateur nous fascinait tellement que nous demandâmes au steward de nous en dire un peu plus.

— Le système est très simple. Il repose sur un principe physique. Le tissu orange des gilets de sauvetage absorbe fortement la lumière solaire. En outre, il est perméable à l'air, mais ne laisse pas passer l'eau. Il suffit de le tendre au-dessus d'un endroit clos assez humide et de veiller à ce qu'il soit chauffé par le soleil. On l'asperge de temps en temps avec de l'eau. Celle-ci s'évapore, ce qui crée au-dessous une sorte de dépression, et l'eau qui se trouve sur le sol s'échappe à travers le tissu. Lorsque le système est lancé, l'énergie thermique consommée par l'évaporation est prise au-dessous du tissu, où de l'air froid se forme. Plus le soleil brille fort, plus l'air devient froid. Si aucune arrivée d'air chaud ne vient perturber le phénomène, la température peut descendre presque jusqu'à zéro.

Olsen demanda s'il s'agissait de la même réaction que celle qui se produisait avec les gourdes de peau utilisées par les Arabes. L'eau y restait fraîche en plein désert, même par le soleil le plus torride.

— Le principe est identique, expliqua le steward rayonnant, mais dans mon système le refroidissement de l'air se fait plus vite, parce que le tissu est plus poreux que le cuir.

Nul n'est plus avisé qu'un homme qui a besoin d'un réfrigérateur. Nous décidâmes de nous mettre au travail. Les femmes fabriquèrent du fil à partir de leurs vêtements. Des stérilets furent transformés en aiguilles. Et en suivant les instructions du steward, on put bientôt confectionner avec la toile des gilets de sauvetage un grand carré de tissu. En laçant les gilets, les femmes recueillirent avec soin le kapok qui se trouvait à l'intérieur. Elles s'en servirent plus tard pour fabriquer des serviettes périodiques !

Lorsque le tissu fut assemblé, on défricha dans la jungle un petit espace. Le steward construisit à cet endroit un cercle de pierres d'environ soixante centimètres de haut et un mètre cinquante de diamètre.

On plaça à l'intérieur du poisson frais et de la viande. Puis on tendit par-dessus la toile orange que l'on arrosa d'un peu d'eau. L'opération était captivante : le steward officiait avec solennité, comme un prêtre en train d'asperger ses ouailles d'eau bénite.

Deux heures plus tard, il nous invita à examiner le résultat.

En entrebâillant la toile et en avançant la main à l'intérieur, on pouvait constater que le dispositif fonctionnait. L'air au-dessous était bien frais !

Chacun voulut le vérifier par soi-même. L'allégresse nous saisit et l'auteur de l'idée fut chaudement félicité. À compter de ce jour, nous ne fûmes plus contraints de manger des aliments à moitié pourris.

Tarzan-Korhonen déclara à Mme Sigurd :

— Voilà qui devrait réduire la fréquence des injections à la pompe !

14

La nostalgie de l'Europe nous tourmentait encore. Nous n'avions pas vu le moindre signe pouvant laisser penser que des secours allaient arriver, mais nous vivions encore dans l'espoir.

Cependant, après avoir eu, tout à fait par hasard, notre premier contact avec le monde dit civilisé, nous ne souhaitâmes pas en avoir un second du même genre.

L'événement fut bref et saisissant.

Il était environ midi. Tout le monde se prélassait sur la plage ou sous les abris. Nous venions juste de finir de manger et faisions la sieste au plus chaud de la journée. La mer bruissait et la jungle murmurait de façon exténuante. Certains d'entre nous dormaient, les autres bavardaient paresseusement.

J'étais allongé sous mon auvent avec Ingrid, qui avait pris l'habitude de dormir avec moi. Elle ne s'était pas véritablement installée, mais elle avait apporté ses quelques affaires et passait avec moi la plupart de ses nuits. Où dormait-elle lorsqu'elle n'était pas chez moi ? Je ne le savais pas et ne désirais pas le savoir.

Une douce torpeur régnait sur la plage.

La fumée des feux de camp montait dans l'air calme. Même les insectes nous laissaient tranquilles. Quelques petits geckos — de drôles de sauriens — couraient sur le tissu de l'auvent, le dos vers le bas, un peu comme les mouches sur les plafonds dans nos pays d'origine. J'étais en train de m'endormir lorsque Ingrid se redressa brusquement.

— Écoute ! dit-elle. Tu n'entends pas un bruit de moteur ?

Je tendis l'oreille et il me sembla en effet qu'un moteur ronronnait dans le lointain.

Nous courûmes sur la plage, où tout le monde écoutait le bruit étrange.

Celui-ci s'amplifiait rapidement et nous pensâmes qu'il devait provenir d'un hélicoptère.

Nos soupçons furent vite confirmés : un hélicoptère apparut au-dessus de l'horizon. Fous de joie, nous nous mîmes à crier et à courir en tous sens, en faisant des signes de la main et en lançant des vêtements en l'air. Le grondement se rapprochait de plus en plus. C'était un gros appareil gris qui volait assez vite et à faible altitude entre la mer et la jungle. Il se trouva bientôt juste au-dessus de nous.

Mais au lieu de se poser, il fit quelque chose de tout à fait inattendu.

L'air fut déchiré par le crépitement d'une mitrailleuse et une pluie de balles s'abattit sur le sable à côté de nous. Pris d'une peur panique, nous courûmes nous réfugier dans la jungle. Affolé, l'un d'entre nous plongea dans la mer.

L'hélicoptère tourna encore un moment au-dessus de la plage déserte, en envoyant de temps à autre quelques rafales en direction de la mer et de la jungle. Nous entendîmes des gémissements.

Ensuite, il prit de la hauteur et s'éloigna vers la

mer, puis il disparut derrière la pointe de l'anse. Cela lui suffisait.

Lorsque nous retournâmes sur la plage, nous découvrîmes le triste résultat du mitraillage : au bord de l'eau étaient allongées deux personnes : l'ingénieur des eaux et forêts Raninen et une infirmière suédoise qui gémissait faiblement. Raninen était mort. Il avait été abattu dans l'eau et son corps gisait entre la mer et la plage, ballotté par les vagues écumantes.

L'infirmière succomba dans la soirée.

On enterra les deux morts pendant la nuit. Cette fois, Mme Sigurd se conforma à la décision du groupe et l'on ne chanta qu'un seul cantique, en laissant de côté toute autre forme de cérémonie religieuse.

Après la visite de l'hélicoptère, nous cessâmes d'allumer des feux sur la plage pendant la nuit. Peut-être nous trouvions-nous dans une zone de combats.

Nous avions perdu tout espoir de voir un jour arriver des secours.

15

La visite meurtrière de l'hélicoptère nous convainquit que ce n'était pas en nous prélassant sur la plage que nous parviendrions à établir un contact amical avec le reste du monde.

Mais comment faire pour quitter cet endroit ? Il ne nous restait qu'une seule solution : essayer de nous enfoncer vers le centre de l'île, où devaient se trouver des gens. Deux d'entre nous avaient été tués. Il était clair que l'île était en guerre. Nous devions prendre contact avec la population de l'intérieur ou avec l'une des parties au conflit. Si nous arrivions à pied, nous avions une chance de ne pas être accueillis à coups de fusil.

Nous décidâmes de former une équipe de cinq personnes, qui reçut pour mission de traverser la jungle et d'annoncer notre accident aux habitants de l'intérieur. Furent choisis pour en faire partie la sage-femme brune, Vanninen, l'ingénieur Laakkio, l'infirmière suédoise Maj-Len et moi-même. Lorsque je demandai à Ingrid si elle ne voulait pas venir avec nous, elle pinça le nez et déclara que, si je croyais être séduisant au point de l'inciter à risquer sa vie dans une expédition périlleuse, j'étais vraiment naïf.

Cette remarque me rendit si furieux que, la nuit venue, sur la plage plongée dans l'obscurité, j'administrai à Ingrid une bonne correction.

Munis de nos provisions, nous nous enfonçâmes dans les sombres profondeurs de la jungle. Laakkio défrichait le chemin, la sage-femme brune le suivait, à bonne distance de la hache, puis venaient Vanninen, Maj-Len, et moi qui fermais la marche.

Toutes les heures, nous échangions nos places pour que personne ne se fatigue trop. Les femmes aussi marchaient en tête lorsque leur tour venait, mais seulement pendant une demi-heure.

Nous avancions dans la forêt obscure, effarouchant les serpents, taillant dans la végétation enchevêtrée, harcelés par les insectes. Il faisait une chaleur étouffante, mais nous ne pouvions pas enlever nos vêtements, car les branches nous auraient fouettés jusqu'au sang. Nous marchâmes pendant plusieurs jours. Au plus chaud de la journée, nous faisions la sieste dans les arbres ; la nuit, nous dormions dans les fourrés, serrés les uns contre les autres.

Le quatrième jour, Vanninen parvint à capturer un singe. L'animal n'était pas très rapide et le médecin finlandais le rattrapa à la course. Il devait peser au moins vingt kilos. Après l'avoir tué et dépecé, nous le fîmes cuire et le mangeâmes avec appétit, car nos vivres commençaient à s'épuiser. Au milieu du repas, Laakkio poussa soudain un hurlement de douleur et porta la main à sa bouche, qui se mit à saigner abondamment.

Il en retira un objet métallique recourbé et brillant d'environ un centimètre et demi. Il avait mordu dans ce morceau de métal acéré de tous côtés et celui-ci s'était enfoncé dans son palais.

En examinant la cuisse du singe, nous comprîmes que la pauvre bête avait été grièvement blessée. On aurait dit qu'elle avait marché sur une mine : son derrière était criblé d'éclats semblables à celui que Laakkio avait trouvé dans sa bouche.

Cela nous confirmait qu'une guerre se déroulait sur l'île. Le singe avait porté dans sa chair les traces de la fureur des hommes.

Dès lors, nous avançâmes dans la jungle en redoublant de prudence. Nous redoutions que les fourrés ne dissimulent encore des mines. Celui qui défrichait le chemin marcha donc désormais seul en tête, jouant en quelque sorte le rôle d'un chien démineur, et le reste du groupe le suivait à cent mètres.

Le sixième jour, la jungle s'éclaircit et nous progressâmes plus rapidement. Le terrain se mit à monter. La végétation devint plus agréable et nous pûmes apercevoir le ciel. Nous nous trouvions peut-être à une quarantaine de kilomètres de la plage. Nos vêtements étaient en loques. Pour le reste, nous étions encore dans un état supportable. La peau nous cuisait, mais nous étions si fatigués que cela ne nous empêchait pas de dormir la nuit.

Enfin, nous arrivâmes en vue d'une chaîne de montagnes. Après la jungle obscure, ce spectacle était pour nous comme une fête. Les cimes dressaient leurs formes rugueuses dans le lointain, teintées en bleu sombre par une brume de chaleur. Les sommets les plus hauts se dissimulaient au milieu des cumulus blancs ; un vent frais agitait doucement nos vêtements déchirés.

La sage-femme brune et Maj-Len ôtèrent leur chemise et laissèrent le vent des montagnes sécher leur peau ; les seins de la jeune infirmière se dressaient avec vigueur, tandis que ceux de la sage-femme, plus mûrs, reposaient paisiblement sur ses côtes, qu'ils protégeaient d'un air sage.

Sur le plateau grouillaient des animaux qui ressemblaient à des marmottes. Laakkio avait essayé de les attraper toute la journée. Quand nous arrivâmes à proximité des montagnes, il avait mis au point une méthode efficace pour les capturer.

Lorsqu'il apercevait un de ces rongeurs gros comme des lapins, il se glissait jusqu'à lui et le faisait fuir. Ces animaux étaient très farouches et se précipitaient dans le trou le plus proche pour échapper à leur poursuivant. Laakkio obstruait ensuite l'entrée du terrier avec une pierre ou une motte de terre et attendait sans bouger. Nous suivions la chasse à une cinquantaine de mètres. Au bout d'un quart d'heure, l'obstacle qui bouchait l'entrée commençait à se déplacer sur le côté, tout doucement. Ces marmottes étaient si craintives qu'elles devaient avoir peur de leurs propres mouvements. Lorsque le trou était dégagé, Laakkio continuait à attendre, bien qu'il pût déjà voir le museau de l'animal. Le plus souvent, en effet, celui-ci retirait sa tête en un éclair, avant de la ressortir pour épier à nouveau. À chaque fois cependant, la tête s'avançait de plus en plus hors du trou protecteur.

Lorsque le rongeur s'enhardissait au point de sortir presque entièrement de son trou, Laakkio s'en emparait à la vitesse de l'éclair. L'animal poussait un cri effrayé, mais il était rare qu'il parvienne à s'échapper, car on lui tordait très vite le cou.

Cette viande était mangeable, quoique guère savoureuse. Laakkio en attrapa suffisamment pour que nous ne souffrions pas de la faim.

Nous marchâmes sur le plateau pendant deux jours et atteignîmes le pied des montagnes. L'air était facile à respirer et nous nous sentions d'humeur joyeuse.

Notre objectif était de passer de l'autre côté et de poursuivre notre chemin vers l'intérieur de l'île pour établir le contact avec les hommes.

Mais cela se révéla impossible.

Les versants étaient trop abrupts pour que l'on puisse les escalader. Nous marchâmes des jours durant au pied de la chaîne de montagnes, à la recherche d'un passage, mais nous n'en trouvâmes aucun. Il y avait bien des vallées, mais nous ne pouvions pas nous y engager, car elles étaient très encaissées et au fond bouillonnaient des torrents puissants.

Ces montagnes étaient infranchissables.

Un jour, au péril de notre vie, nous escaladâmes une pente sur environ cinq cents mètres. Nous n'osâmes pas monter plus haut, car le terrain s'éboulait au moindre mouvement, et nous dûmes redescendre dans la vallée. Pour passer, il nous aurait fallu du matériel d'alpinisme et de l'expérience, et nous n'avions ni l'un ni l'autre.

Nous continuâmes tout de même pendant plusieurs jours à chercher une voie praticable, mais sans succès.

— Il ne nous reste plus qu'à rentrer chez nous, déclara finalement Laakkio.

« Chez nous. » Après tout ce que nous avions vécu depuis l'accident, le camp nous apparaissait réellement comme notre foyer.

16

Le retour à la plage fut un peu plus facile, car nous pûmes suivre nos traces en sens inverse. La hache ne nous servit guère. Il nous fallut toutefois plusieurs jours. De temps à autre, dans la jungle obscure, nous quittions le sentier sans nous en rendre compte — nous ne disposions d'aucun moyen qui nous eût permis de baliser le chemin lors du voyage aller. Du papier crépon jaune nous aurait été bien utile !

Après deux semaines d'absence, nous atteignîmes enfin le camp, où une surprise de taille nous attendait. Un étranger était arrivé. Dès le premier coup d'œil, on voyait que le bonhomme était content de son sort : assis sous un auvent, il fumait une pipe à long tuyau, les yeux mi-clos, plusieurs femmes autour de lui. Il avait même réussi à trouver du tabac.

L'explication tenait en peu de mots. Voici, en gros, comment s'était produite l'arrivée de ce visiteur.

Un matin, une semaine environ après notre départ, cet homme d'âge moyen et de type malais avait fait son apparition au camp. Il portait des vêtements militaires et avait un fusil d'assaut moderne accroché au cou. En le voyant, le groupe s'était enfui en hurlant dans la jungle.

Le soldat s'était cependant comporté de façon amicale et avait crié dans un mauvais anglais qu'il n'était pas dans ses intentions de tirer sur qui que ce soit et qu'il était venu dans un esprit pacifique. On avait fini par le croire — après qu'il eut posé son arme sur le sable et que Taylor l'eut récupérée.

Le nouveau venu était un soldat de l'armée gouvernementale indonésienne, ou, plus exactement, *avait été* au service de l'armée indonésienne. Quelques mois plus tôt, on l'avait envoyé sur cette île dans le cadre d'une opération militaire destinée à écraser un soulèvement. Il ne savait pas si la zone de combats se trouvait à Bornéo, aux Célèbes ou en Nouvelle-Guinée. Les soldats n'avaient jamais eu d'informations à ce sujet.

Il avait expliqué que la guerre lui paraissait depuis le début extrêmement ennuyeuse et que le danger lui déplaisait chaque jour davantage.

Il avait donc décidé de tout laisser tomber et de déserter. Il s'était enfui de l'intérieur de l'île, avait franchi les montagnes, très loin de là, et avait marché le long du rivage. Des dizaines d'autres soldats avaient fait de même, c'est pourquoi des hélicoptères indonésiens patrouillaient de temps en temps au-dessus de l'île pour rechercher les déserteurs.

L'homme était donc indonésien. Sur le plan politique, il se définissait comme un partisan de Sukarno : il n'avait jamais accepté le général Suharto, il n'était pas non plus communiste, mais il avait tout de même perdu trois doigts à la main droite pendant les purges organisées par Suharto dans les années soixante.

Il avait montré sa main : il ne lui restait plus que le pouce et l'index.

— Je peux m'estimer heureux, avait-il commenté. Les hommes de Suharto ont tué presque tout le monde dans notre village. Je m'en suis tiré à bon compte.

Il connaissait assez bien la jungle, mais son principal atout était le fusil d'assaut déjà mentionné, avec plus de huit cents cartouches !

Pour couronner le tout, le gaillard, qui déclara s'appeler Jhan Krahamo, ou quelque chose dans ce genre-là, savait jouer du tambour. Avant l'arrivée au pouvoir de Suharto, il avait travaillé comme tôlier et mécanicien d'aviation. Il avait habité longtemps à Djakarta, où il avait appris des rudiments d'anglais.

Jhan nous expliqua encore que, d'après lui, il était vain d'imaginer que nous pourrions un jour échapper à ce coin de rivage : à l'intérieur, la guérilla faisait rage ; sur mer, compte tenu de la guerre, aucun navire marchand ne s'aventurerait au large de l'île ; quant au ciel, on ne pouvait en attendre que des balles. Selon lui, toutefois, il n'y avait pas la moindre raison de se plaindre, car à Djakarta, par exemple, les conditions de vie s'étaient beaucoup dégradées : le riz manquait, les prix étaient élevés, et régulièrement des gens se faisaient arrêter, ce qui, en pratique, signifiait le plus souvent une disparition définitive. Pourquoi aurait-il voulu subir le même sort ? Pourquoi devrait-il regretter de telles conditions de vie ? Il estimait que la fortune l'avait gâté, plus en tout cas qu'un homme tel que lui n'aurait pu l'espérer.

Un peu jaloux, nous observions ce gentleman déserteur, cet artisan mélanésien de son propre bonheur, qui déclarait avoir une certaine sympathie pour le christianisme, mais se définissait comme un bouddhiste convaincu.

Il considérait comme une évidence qu'il ne quitterait jamais ce rivage pour retourner à Djakarta. Cela lui suffisait, et il nous écoutait avec une certaine perplexité évoquer nos envies nostalgiques d'entrer en contact avec le reste du monde. Il était sans conteste le plus heureux d'entre nous.

Il accepta de bonne grâce de mettre son fusil à la disposition de la collectivité. Nous vérifiâmes sa précision en tirant quelques coups avec parcimonie. C'était une bonne arme. Nous construisîmes dans un arbre un abri aussi sec que possible pour entreposer les cartouches, une sorte de cabane ou de réduit qui ressemblait à un nichoir, et nous veillâmes à entretenir le fusil correctement, sans le laisser rouiller.

Nous pensions que, si le prochain hélicoptère nous survolait d'aussi près que le premier, nous arriverions certainement à loger quelques balles dans ses vitres.

Mais nous ne vîmes pas d'autre hélicoptère — nous n'avions d'ailleurs guère envie d'en voir. Avec un morceau de tronc creux, Jhan fabriqua un petit gong qui, une fois sec, rendait un son assez agréable.

Il en jouait avec enthousiasme. De temps en temps, il fallait même lui demander de laisser son instrument tranquille, en particulier la nuit, lorsqu'il faisait preuve d'une ardeur excessive.

Il convient encore de signaler qu'il paraissait tenir en très haute estime la glaciale Mme Sigurd. Peut-être nourrissait-il à son égard des projets d'ordre sexuel, interprétant sa retenue dans ce domaine comme un signe de son honorabilité, et c'est en effet ce qui émanait de toute la personne de la dame.

Notre hôte était donc quelqu'un de bien sous tous rapports, et nous étions très satisfaits qu'il ait jugé inutile de contribuer personnellement aux opérations de guerre dans cette région tropicale.

17

Notre ami indonésien s'étonna que nous ne mangions point d'escargots. Il nous expliqua qu'après les averses, avec un peu de chance, on pouvait en trouver des quantités importantes dans la jungle.

Les femmes se montrèrent enthousiastes. L'hôtesse de l'air Lily, Maj-Len, la sage-femme finlandaise Iines Sotisaari et une infirmière suédoise de Stockholm nommée Birgitta nous demandèrent, à Lämsä et à moi, de venir avec elles en ramasser. Bien que le temps ne fût guère plaisant, nous acceptâmes de les accompagner, car nous avions envie nous aussi de varier un peu nos menus.

Après avoir pataugé pendant plusieurs heures dans la jungle chaude et ruisselante, nous eûmes le sentiment d'être arrivés sur un terrain qui, selon les indications de Jhan, devait être propice : la forêt était si dense qu'aucune végétation basse ne poussait. Sur le sol, des feuilles décomposées formaient une épaisse couche glissante.

Il y avait effectivement des escargots : de gros gastéropodes vert foncé d'environ dix centimètres de long. Pleins d'ardeur, nous en ramassâmes une cinquantaine et prîmes le chemin du retour.

Nous empruntâmes un raccourci, tout en sachant parfaitement que nous n'aurions pas dû le faire, car nous risquions de nous égarer.

Lämsä marchait en tête. Au bout d'une heure environ, il se mit soudain à jurer d'une voix forte. Nous courûmes jusqu'à lui et vîmes qu'il s'était pris les pieds dans des barbelés rouillés. Ils étaient couverts de mousse verte et il avait essayé de passer à travers en croyant qu'il s'agissait de lianes.

Nous étudiâmes le terrain avec attention. Il y avait des barbelés partout. Nous découvrîmes, dissimulée sous la végétation, une tranchée très ancienne dont les bords avaient été consolidés par un parapet en béton. Il était probable que des combats avaient eu lieu ici pendant la Seconde Guerre mondiale. Nous explorâmes l'endroit méthodiquement et trouvâmes une paroi en béton, au bas de laquelle nous remarquâmes une ouverture obstruée par les fougères et les lianes. Nous défrichâmes le passage et scrutâmes l'obscurité. Nous venions de découvrir un petit bunker.

C'est alors que, derrière le bunker, les filles crièrent qu'elles avaient trouvé un canon.

En examinant de plus près leur découverte, nous vîmes qu'il s'agissait d'une pièce d'artillerie de campagne japonaise de trois pouces. Elle s'était renversée sur le côté après que les racines d'un gros palétuvier avaient poussé à travers les fentes de l'affût. Elle datait manifestement de la guerre et était entièrement couverte de mousse. Martelant la culasse avec la hache, nous parvînmes à grand-peine à l'ouvrir. Le tube était rongé par la rouille, mais l'on voyait tout de même à travers.

Nous nous faufilâmes à l'intérieur du bunker, où l'on avait largement la place de se mettre debout. Il semblait que l'on avait voulu rentrer le canon, mais que, pour quelque raison, le travail avait été interrompu.

Le bunker contenait un bric-à-brac incroyable. Des obus d'aspect presque neuf étaient rangés dans de grandes caisses. Nous en transportâmes un certain nombre à l'extérieur. Il y avait aussi des boîtes de conserve, mais il n'en restait plus grand-chose : la rouille avait rongé le fer et les mille-pattes de la jungle s'étaient chargés de les vider de leur contenu.

Nous trouvâmes également une lourde caisse en métal et, posés contre le mur du fond, deux trépieds de mitrailleuse. Mais aucune arme proprement dite.

Nous ouvrîmes la caisse renforcée par des bordures en acier : elle contenait de grandes bouteilles métalliques. Les bouchons étaient bloqués par la rouille, mais en frappant avec le dos de la hache nous réussîmes à en ouvrir un. À l'intérieur se trouvait un liquide. Nous le reniflâmes. Nous pensions qu'il s'agissait peut-être de gaz liquide, mais ce n'était pas le cas. Par le goulot s'échappait une forte odeur d'alcool.

— C'est de l'alcool médical, déclara Birgitta.

— Il est peut-être empoisonné, hasarda Lily lorsque Lämsä porta la lourde bouteille à ses lèvres.

— On va voir ça tout de suite, répondit Lämsä, qui but quelques gorgées, fit une grimace et me donna la bouteille.

Nous le regardâmes, curieux de voir ce qui allait se passer. Assis sur la fortification en béton, il avait l'air d'attendre lui aussi les effets du liquide. Quelques instants plus tard, il tendit vers moi sa main ouverte et dit :

— En tout cas, ce n'est pas du poison.

Il but encore deux longues gorgées et fit à nouveau une terrible grimace. Je portai à mon tour le récipient à mes lèvres. C'était diablement fort ! L'alcool brûlait la bouche et la gorge et, une fois arrivé dans le ventre, commençait à répandre une agréable chaleur. J'en bus une seconde rasade et Lämsä une troisième.

Comme il montait très vite à la tête, nous allâmes chercher de l'eau pour le diluer un peu. Nous en proposâmes alors aux filles, qui y goûtèrent elles aussi. Nous commencions à nous sentir particulièrement bien.

Nous nous assîmes sur l'affût et continuâmes à boire, après avoir posé nos paniers d'escargots au-dessus de l'entrée du bunker.

Lämsä étudia le canon. Il expliqua qu'il avait fait son service dans le régiment d'artillerie côtière de Vaasa et qu'il s'y connaissait un peu. Nous étions déjà si imbibés que nous ne faisions plus la différence entre un flingot de garde-côte et un canon de campagne. Lämsä détacha la culasse et la démonta. Il eut quelques difficultés pour tout remettre en place, mais finit par y arriver après plusieurs tentatives. Il donna de petits coups sur le canon avec le dos de la hache et réussit à faire fonctionner le mécanisme à peu près correctement.

Ensuite, comme s'il avait oublié quelque chose d'important, il retourna devant le bunker et revint avec une pleine brassée d'obus. J'éclatai de rire en le voyant soudain tomber de tout son long avec ses munitions. Il était complètement ivre. Je lui dis que ces obus étaient inutilisables : l'humidité qu'ils avaient subie pendant des décennies avait certainement détruit les détonateurs.

Mais Lämsä s'en fichait. Il enfonça un obus dans le tube du canon et ferma la culasse, qu'il dut encore frapper avec la hache avant qu'elle se remette en place avec un claquement.

Lorsque je vis ce qu'il était en train de faire, j'expliquai aux filles qu'il valait mieux s'éloigner un peu. Le canon risquait d'exploser, car son tube était rouillé. Je conseillai à Lämsä de laisser cette arme tranquille.

Soudain, il y eut un bruit terrible.

Lämsä avait tiré. C'était un canon sans recul à pointage direct, et il fut projeté en arrière d'environ un mètre. La détonation résonna dans nos oreilles, et lorsque nous regardâmes dans la direction indiquée par le tube, nous vîmes que l'obus avait brisé de nombreux troncs avant de poursuivre sa course vers le ciel. Heureusement, le détonateur n'avait pas fonctionné.

— Youhou ! Pour péter, ça va péter ! s'écria Lämsä. Il but une bonne rasade d'alcool et enfonça un deuxième obus dans le tube. Je le rejoignis et, ensemble, nous redressâmes le canon, orientâmes le tube vers le sud, c'est-à-dire vers la mer, et tirâmes un second coup.

Un grondement puissant emplit la jungle. Les filles étaient terrorisées, mais lorsque nous leur eûmes redonné un peu d'alcool, elles se montrèrent plus courageuses. Nous tirâmes encore deux autres coups et tout paraissait fonctionner à merveille. Iines Sotisaari voulut tirer aussi. Et pourquoi pas ? décidâmes-nous, Lämsä et moi, qu'elle tire !

Iines tira, puis on but un petit coup. Ensuite, ce fut le tour de Birgitta, puis de Lily, et enfin de Maj-Len. Les filles se tordaient de rire. Personne n'entendait plus rien, car le son du canon faisait tinter nos oreilles. Lämsä et moi tirâmes à nouveau, puis les filles. Après chaque tir, on buvait un coup. L'alcool ne nous paraissait plus fort du tout. En ramenant des obus du bunker, nous nous écroulions par terre et les autres partaient d'un rire hystérique.

De temps en temps, nous tournions le canon et tirions dans de grands arbres proches qui volaient en éclats. Une épaisse fumée noire flottait dans la jungle et nous faisait tousser.

Nous imaginâmes ensuite de procéder aux tirs selon une organisation militaire : Iines Sotisaari se plaça près du canon avec Lämsä, celui-ci enfonçait l'obus dans le tube, Iines refermait la culasse et tirait. Les autres filles et moi apportions de nouveaux obus et évacuions les douilles. De la sorte, notre vitesse de feu augmenta considérablement. Le tube du canon était brûlant, nous transpirions à grosses gouttes et riions tellement que nous en avions les larmes aux yeux.

Lorsque la fumée fut si abondante que nous commençâmes à avoir du mal à nous distinguer les uns les autres, nous cessâmes de tirer et allâmes nous reposer sur le toit du bunker. Nous étions si fatigués que nous avions à peine la force de rire.

Mais les choses n'en restèrent pas là. Nous nous souvînmes des escargots que nous avions ramassés. Birgitta déclara que nous pourrions les noyer dans l'alcool et les manger. Tout le monde trouva l'idée excellente et nous entreprîmes de faire entrer les escargots dans la bouteille. Ils glissaient facilement à l'intérieur, où nous avions laissé environ un demi-litre d'alcool non dilué. Nous pûmes y mettre plus de vingt de ces bestioles !

Nous vissâmes le bouchon et agitâmes vigoureusement notre bouteille d'alcool d'escargot. Après l'avoir laissée reposer quelques minutes, nous commençâmes à faire sortir les escargots en secouant la bouteille. Ils étaient tous morts.

Nous les mangeâmes de bon cœur, bien que ce repas ne nous parût pas spécialement appétissant.

Finalement, nous nous endormîmes avec nos bouteilles sur le toit du bunker.

C'est là qu'on nous découvrit, tard dans la soirée. Quand nous avions commencé à tirer, tout le camp s'était précipité dans la jungle, ainsi qu'on nous le raconta par la suite. Le canon était situé à quelques kilomètres du camp, assez près de la plage, et nos compagnons avaient pu voir les obus tomber dans la mer. Ils en avaient compté en tout soixante-seize. L'exercice s'était achevé par une série de vingt-trois tirs rapprochés qui avaient dépassé la barrière de corail.

Emportant avec eux le fusil de Jhan, quelques hommes étaient partis pour tenter d'élucider l'ori gine de ces coups de canon, et lorsqu'ils nous avaient découverts, peu avant la nuit, ils n'en avaient pas cru leurs yeux : quatre femmes et deux hommes allongés pêle-mêle sur le toit d'un bunker, complètement ivres ; l'un d'eux avait souillé ses vêtements de vomi ; de gros escargots gisaient çà et là au milieu des dormeurs, ainsi que trois bouteilles en acier vidées de leur contenu, et une quantité considérable de douilles recouvrait le sol à proximité du canon.

Ils avaient essayé de nous réveiller, mais en vain. Alors ils avaient laissé un homme en faction près du bunker, avec le fusil, et étaient retournés au camp en emportant les trois bouteilles d'alcool qui restaient.

Nous nous réveillâmes le lendemain matin dans un état indescriptible et nous nous traînâmes péni-

101

blement jusqu'au camp, où l'on décida de nous châ-
tier : la majorité de nos compagnons considérait
qu'avec ces tirs stupides, nous avions menacé la
sécurité du groupe tout entier et en outre gaspillé de
l'alcool précieux en le buvant — le reste fut soigneu-
sement mis de côté pour être utilisé à des fins médicales.

Conformément à la loi du camp, Lämsä et moi
fûmes condamnés à être battus ; quant à Lily,
Birgitta et Maj-Len, elles devaient être jetées à l'eau.

Mais des divergences de vues se firent jour sur la
façon dont il convenait de nous battre. Quelqu'un
proposa que l'on nous casse tout simplement la
gueule, mais les médecins n'étaient pas d'accord.
Enfin, les juges s'accordèrent sur la procédure à
suivre.

On nous attacha à un arbre et chacun de nous
reçut dix coups de liane sur le dos. Nous avions terriblement honte et le fouet faisait sacrément mal.

Les femmes furent jetées trois fois dans la mer
tout habillées. Et l'affaire fut classée.

— Moi, si c'était à recommencer, je n'hésiterais
pas une seconde, me déclara Lämsä plus tard dans
la soirée. C'était grandiose !

18

Edward Keast, l'un des deux copilotes, était un homme silencieux, et bien que nous fussions ensemble depuis plus d'un mois, je ne le connaissais pas encore. C'est pourquoi je fus un peu surpris lorsqu'un beau jour, il m'adressa spontanément la parole. Il me dit qu'il désirait avoir avec moi une discussion confidentielle.

Pourquoi pas ? Je n'avais rien contre.

— Cela fait déjà quelques semaines qu'une idée un peu spéciale me trotte dans la tête, commença-t-il. Tu connais le signal de détresse international, les lettres S.O.S. Il est clair que nous ne pouvons pas envoyer de signal de détresse vers la mer, à cause de la guerre qui ravage peut-être l'intérieur de l'île. D'ailleurs, soit dit en passant, votre combat au canon était un exercice dangereux, nous aurions pu être repérés.

Il poursuivit :

— Alors j'ai pensé que nous devrions imaginer un signal qui soit impossible à détecter ici, en Mélanésie, mais que l'on pourrait voir à Londres ou à New York, ou même à Moscou.

— Il nous faudrait un émetteur de radio.

— J'y ai pensé, évidemment, mais ce n'est pas possible. La radio de l'avion a été détruite, et même si elle était intacte, nous ne pourrions pas la détacher sous l'eau.

Nous nous étions un peu éloignés du camp. Keast me regarda dans les yeux et dit :

— J'espère que tu ne vas pas me prendre pour un cinglé.

— Ne t'inquiète pas.

— Eh bien, voilà. Comme tu le sais, il y a en permanence des dizaines de satellites qui tournent autour de la Terre. Certains sont des satellites météorologiques, d'autres des satellites-espions, d'autres encore sont envoyés là-haut à des fins scientifiques. Tous photographient et filment la Terre depuis leur orbite. Faute d'émetteur, nous ne pouvons pas communiquer avec ces satellites en leur envoyant un message radio. Mais nous devrions trouver un autre moyen. Il suffirait d'établir une liaison et nous pourrions être sauvés.

La hauteur, au sens propre, des réflexions de Keast commençait à piquer ma curiosité. Une idée stupide me traversa l'esprit — tirer des coups de canon droit vers le ciel —, mais je me gardai bien de la formuler à haute voix.

Keast regarda la mer, puis se tourna vers moi :

— Ces satellites gravitent à une distance minimale de mille kilomètres. J'ai pensé que si nous pouvions provoquer à la surface de la Terre un phénomène lumineux d'une intensité équivalente à celle d'une éruption volcanique, cela suffirait pour que nous soyons découverts. Le phénomène serait enregistré et je suis sûr qu'il serait étudié dans le pays d'origine du satellite ; on chercherait à en découvrir la cause, c'est-à-dire nous.

Le copilote s'emballait. Il m'expliqua d'une voix enthousiaste :

— En supposant que le satellite soit distant de mille kilomètres, si à la surface de la Terre apparaît un objet ou un phénomène lumineux mesurant environ un kilomètre, avec une focale normale le rapport entre la taille de l'objet et celle de la photo devrait être de un pour mille, n'est-ce pas ? Mais en réalité, il est beaucoup plus intéressant, car les satellites photographient la planète avec des objectifs à longue focale. En outre, sur Terre, les photographies sont évidemment agrandies et les parties intéressantes étudiées au millimètre près. Un phénomène lumineux inhabituel d'une taille de cinq cents mètres devrait pouvoir attirer l'attention, tu ne crois pas ?

— Tu veux dire que nous devrions dessiner dans la jungle un S.O.S. avec des lettres de cinq cents mètres de haut et attendre qu'on vienne nous secourir ?

— Oui, c'est exactement ce que je veux dire, répondit Keast avec fougue.

19

Nous convînmes, Keast et moi, qu'avant d'en parler aux autres nous réfléchirions d'un peu plus près à la façon de réaliser cette idée révolutionnaire. Nous craignions qu'un projet trop approximatif ne soit mal compris, d'autant qu'il s'agissait d'une méthode plutôt insolite pour appeler à l'aide depuis une île mélanésienne.

La nuit qui suivit notre conversation, nous eûmes autre chose à faire que de penser à cela, car un orage tropical éclata.

Quand ils entendent parler d'un orage tropical, les Européens sont incapables d'imaginer de quoi il retourne en réalité. Tous ceux qui, après avoir vécu pareille expérience, tentent de la raconter à un profane, ressentent douloureusement les insuffisances du langage, qui ne leur permet pas de décrire adéquatement le phénomène. La même imperfection menace également mon récit, mais je voudrais pourtant essayer, tout en ayant conscience de mes limites, de relater le déroulement des événements.

Cela commença dans la soirée, le jour de ma discussion avec Keast. Le soleil disparut très vite derrière de gros nuages noirs, la mer se couvrit d'écume et un silence absolu s'installa dans la jungle.

Le ciel devint noir, un peu comme pendant une éclipse de soleil : l'air se tendit comme une chaîne sous la voûte du ciel, seules de petites rafales faisaient bruire les arbres de la jungle, et le ciel d'un noir jaunâtre semblait vouloir écraser sous son poids tout ce qui se trouvait au-dessous de lui.

Ce prélude immobile et menaçant ne dura que quelques minutes. Aussitôt après, la déchirure se produisit : dans le ciel jaunâtre fulgura un éclair blanc, et le vent se leva, violent comme l'enfer ; il nivela les crêtes des vagues, changea la houle en un tapis d'écume blanche et se rua contre le mur frémissant de la jungle en faisant ployer la végétation. De l'autre côté de la paroi vert sombre commença à retentir un grand fracas : les arbres se cassaient ou étaient arrachés avec leurs racines. La mer monta de plusieurs mètres et la plage se changea en un bain de mousse blanche. Les humains durent se précipiter dans la jungle pleine de craquements, se cognant à chaque pas, n'entendant même plus le son de leur voix.

Tout le groupe se dispersa.

Ceux qui étaient allongés sous l'auvent de l'infirmerie furent traînés tant bien que mal hors de portée des flots. Nos abris alignés à la lisière de la forêt furent arrachés : le vent souleva nos affaires et les fit flotter comme des chiffons dans l'obscurité. Même un serpent n'aurait pu se sentir tranquille.

Le soleil, sous les tropiques, se couche dans la mer comme un caillou rouge, et le passage du jour à la nuit accentua le caractère lugubre de la tempête : en quelques minutes, des ténèbres impénétrables recouvrirent tout, que seuls les éclairs parvenaient à percer de leur lumière tremblante.

Cette terrible tempête ne dura que quelques

heures, puis ce fut fini. La mer écumait encore, mais se retirait lentement de la jungle, les éclairs ne venaient plus fendre l'obscurité, et nous commençâmes à entendre les cris des autres.

Cette nuit-là pourtant, nous ne réussîmes pas à dormir, ni à nous retrouver.

Au matin, le soleil se leva sur la mer, paraissant tout ignorer de la tempête de la nuit. La boule rouge monta rapidement au-dessus des hautes vagues, et nous pûmes enfin voir ce qui s'était passé.

Le camp était détruit, nous étions tous à bout de forces et parlions à voix basse. Dans la jungle brillait un gros objet métallique mouillé : l'aile de l'avion, jetée là par la tempête. Le moteur s'en était détaché et ce membre géant en métal léger étincelait dans les arbres, à environ cinquante mètres de la plage. La jungle et la plage fumaient comme après une bataille.

Nous parvînmes sans trop de difficultés à rassembler nos affaires éparpillées, et dans l'après-midi la plupart des auvents étaient de nouveau en place. Les plantes tropicales se redressèrent, le mur de la jungle se referma sur les traces de la tempête. Cette extraordinaire faculté de récupération me stupéfia : on avait le sentiment que sur la plage s'était déroulée une cérémonie satanique secrète, une orgie irréelle, dont aucune trace n'était plus visible une fois le jour levé.

Le radeau pneumatique était intact et, dès l'après-midi, nous allâmes voir si l'épave était encore là.

Elle n'y était plus.

La tempête avait formé des courants qui avaient emporté l'avion. Nous ne le revîmes plus jamais. L'aile géante projetée dans la jungle fut notre unique souvenir du Trident britannique. On pouvait y lire une inscription au pochoir, « NO STEP », signalant un endroit où il ne fallait pas marcher. De petits serpents rampaient sur la surface en métal, et à entendre le raffut que faisaient les singes, on pouvait penser qu'eux au moins ne s'attendaient pas à ce qu'un objet aussi gros et aussi étrange surgisse de la mer.

L'ingénieur Laakkio pensait que l'aile pourrait nous être utile pour produire du sel : les plaques en aluminium qui la recouvraient donneraient des récipients d'une taille idéale pour faire bouillir de l'eau de mer. À condition d'avoir la patience nécessaire pour les détacher de l'armature.

Le lendemain, nous enlevâmes la plus grande plaque de la face supérieure, d'une surface d'environ neuf mètres carrés. Nous la traînâmes sur le sable et en relevâmes les bords de façon à former quelque chose qui ressemblât à un récipient. Nous plaçâmes de grosses pierres sous le morceau d'aile, nous le retournâmes et allumâmes un feu au-dessous de lui. Puis nous remplîmes d'eau de mer la partie creuse et attendîmes.

Cela faisait tout aussi bien l'affaire qu'une casserole en aluminium. L'eau se mit à bouillir et lorsque nous eûmes martelé la partie centrale de l'aile pour la rendre un peu plus creuse, de l'eau de plus en plus salée commença à s'y accumuler.

Au bout de trois jours, nous avions obtenu plusieurs kilos de sel marin.

Nous remerciâmes la mer cruelle pour ce don. Dès lors, nous n'eûmes plus de raison de nous lamenter sur le manque de sel. Nos conditions de vie commencèrent à nous paraître presque idéales.

20

Après la tempête, la vie reprit son cours habituel. Keast et moi commençâmes à réfléchir à la façon de mettre son idée en pratique.

Pour que les grandes lettres S.O.S. soient visibles depuis l'orbite d'un satellite, il fallait les rendre lumineuses en y allumant des feux. Mais comment faire brûler la jungle ? Cela paraissait difficile : le climat était humide et chaud, le terrain imbibé d'eau. Le feu ne prendrait pas.

Nous n'avions pas non plus à notre disposition un volcan qui aurait pu entrer en éruption à la demande.

Nous arrivâmes finalement à la conclusion qu'il fallait défricher de larges couloirs qui dessineraient les lettres S.O.S. On se contenterait de coupes grossières, et le bois abattu serait regroupé dans les couloirs. Une fois qu'il serait sec, on y mettrait le feu ; cela formerait des lettres lumineuses géantes qui seraient certainement visibles depuis l'espace.

Mais c'était un énorme travail. Si nous voulions être sûrs du résultat, les lettres devaient faire au moins cinq cents mètres de haut. Keast estimait que, si nous les allumions pendant la nuit, elles seraient suffisamment visibles. Il était également convaincu que notre région était survolée chaque nuit par des satellites, sans doute assez nombreux.

Quand je lui demandai d'un air dubitatif s'ils photographiaient la Terre aussi pendant la nuit, il me rassura :

— Bien sûr. Les satellites météorologiques ne photographient pas seulement les nuages, mais aussi les levers et les couchers de soleil. La nuit est brève et il serait absurde d'arrêter les prises de vues à chaque fois qu'on passe au-dessus de la zone obscure de la Terre. Les satellites font plusieurs révolutions par jour. Un phénomène lumineux survenant pendant la nuit attirera davantage l'attention.

Il était un peu étrange d'imaginer que nous pourrions « écrire » trois lettres dans la jungle. Mais nous n'avions pas le choix : si nous voulions informer l'Europe de notre présence à cet endroit, c'était exactement ce que nous devions faire. À la place de l'encre, nous utiliserions le feu, à la place du papier la surface de la Terre. Et le lecteur serait un satellite lancé dans sa course silencieuse à travers l'espace !

Nous nous procurâmes un bout de ficelle et commençâmes à procéder à des calculs détaillés. Nous dessinâmes sur le sable les lettres S.O.S. hautes de cinquante centimètres, puis nous mesurâmes avec la ficelle leur longueur totale développée. La longueur du S serait de 850 mètres. Le O exigerait encore plus de travail : la ficelle nous indiqua que, pour le dessiner, nous devrions défricher un couloir de 1,3 kilomètre de long. Nous écrivîmes sur le sable le calcul suivant :

$S \times 2 + O = 850 \times 2 + 1\ 300 = 3\ 000$, soit trois kilomètres !

Le résultat nous déconcerta. Nous vérifiâmes les

mesures et trouvâmes chaque fois le même total. Il nous faudrait défricher la jungle sur une longueur de trois kilomètres !

Comme la végétation était dense et les arbres hauts, les couloirs devaient être suffisamment larges, afin que les feux allumés sur le sol soient visibles depuis l'espace. Nous estimâmes qu'une largeur de quinze mètres serait suffisante. Nous calculâmes la superficie totale de la zone à défricher et obtînmes le chiffre de 45 000 mètres carrés, soit quatre hectares et demi.

Cela représentait une superficie équivalant à celle d'une petite exploitation agricole finlandaise. Comment parviendrions-nous à accomplir un tel travail ?

— Nous sommes tout de même une cinquantaine de personnes en bonne santé, dit Keast. Et nous avons parmi nous une dizaine de bûcherons professionnels, il y a même un ingénieur des eaux et forêts... Attend voir... par personne, cela fait une surface à défricher d'un peu plus de mille mètres carrés. C'est seulement la taille d'un terrain à bâtir dans une agglomération. Chez nous, à Birmingham, il y a même des terrains plus grands.

Effectivement, il eût été dommage de renoncer au projet. Mais les travaux de coupe nous demanderaient au moins six mois.

Devions-nous forcément *écrire* dans la jungle ? Peut-être aurions-nous pu nous en tirer à meilleur compte en dessinant à la surface de la Terre quelque autre signe indiquant notre présence : une croix, un triangle, un cercle, ou même une ligne droite ?

Ce n'était cependant pas une bonne idée. Nous songeâmes en effet que des figures géométriques risqueraient d'être mal interprétées. On les prendrait pour les pistes d'atterrissage d'un aéroport ou pour un boulevard longeant un lac artificiel. Nous reconnûmes que cela ne marcherait pas.

Une croix gammée aurait été assez facile à défricher et aurait incontestablement attiré l'attention, mais nous rejetâmes cette solution.

— On se prendrait des bombes sur la tête, jugea Keast.

Nous retournâmes au camp pour exposer notre projet.

21

Nous informâmes d'abord la sage-femme brune et Vanninen, qui se montrèrent enthousiastes et s'empressèrent d'expliquer le projet au camp.

L'accueil fut triomphal. Nos compagnons se demandaient avec étonnement comment une telle idée — impossible, et pourtant tout à fait sensée — avait pu nous venir à l'esprit. Pour certains, la réussite de l'entreprise ne faisait aucun doute. Mais d'autres se plaignirent de devoir encore attendre si longtemps sur cette île : dans le pire des cas, il pouvait s'écouler un an avant que nos efforts ne soient couronnés de succès.

Dans notre situation, ce projet nous donnait tout de même un nouvel espoir et eut une influence positive sur le moral des troupes. Tout le monde commença à y réfléchir de façon constructive et il devint évident que nous le réaliserions.

Puisqu'il paraissait acquis que nous resterions encore là longtemps, la question se posait de savoir comment organiser l'administration du camp. Jusqu'alors, nous avions fonctionné avec des dirigeants élus dans l'improvisation.

Nous décidâmes que, désormais, nous réunirions

une semaine sur deux une assemblée générale où chacun, y compris Jhan, disposerait du droit de vote, et qui aurait pour tâche d'élire les dirigeants du camp et les chefs d'équipe, d'approuver les projets, de veiller au maintien de l'ordre, de décider des peines à infliger aux fauteurs de troubles, et autres questions du même ordre. Cette assemblée générale bimensuelle serait un organe de décision devant lequel la direction du camp et les différentes commissions seraient responsables. Nous constatâmes en effet qu'il serait judicieux de créer des commissions.

De temps en temps se produisaient de menus incidents, qui rendaient nécessaire une procédure uniforme en matière de punitions. Nous décidâmes donc d'édicter des lois, que nous rassemblerions ensuite sous la forme d'un règlement. Nous convînmes que la propriété privée ne serait tolérée que dans une certaine mesure, afin de prévenir toute tentation de délit contre les biens. Si nous possédions tout en commun, il ne viendrait à l'idée de personne de voler ou d'accumuler des réserves au détriment des autres.

Le règlement du camp fut élaboré en quelques jours et adopté lors de la première assemblée générale.

Sorte de code pénal, il contenait des dispositions limitant l'accumulation des biens personnels et prévoyait les peines encourues en cas d'infraction. Nous renonçâmes au principe des punitions corporelles et décidâmes de faire du bannissement la principale mesure disciplinaire. Pour les délits mineurs, la peine consisterait en une charge de travail supplémentaire. Pour les fautes plus graves, le coupable serait banni du camp pendant un nombre de jours à déterminer. La peine la plus lourde, par exemple en cas de meurtre, serait le bannissement définitif.

Il fallait également s'attaquer au problème de la formation. La première assemblée générale, qui eut lieu un peu plus d'un mois après l'accident et quelques jours après la présentation du projet « S.O.S. », décida que l'enseignement du finnois serait organisé de façon plus efficace. Jusqu'alors, on avait parlé sur l'île trois ou quatre langues dans la plus grande confusion. Les Finlandais étant les plus nombreux, c'était le finnois que l'on entendait le plus et les personnes d'une autre nationalité en avaient déjà appris des rudiments. Il était désormais nécessaire de mettre en place des cours dignes de ce nom, car la perspective d'un séjour d'un an sur cette île exigeait que l'on essaie d'éliminer le plus rapidement possible les difficultés linguistiques.

Depuis que notre situation alimentaire s'était améliorée, nous avions davantage de temps à notre disposition. Nous décidâmes que les cours de finnois auraient lieu deux fois par jour : une heure le matin et deux ou trois heures dans la soirée. On ouvrit également des cours de suédois et d'anglais, mais la participation étant facultative, ils durent assez vite être interrompus : les Finlandais n'étaient pas intéressés et les Anglais et les Suédois, qui devaient déjà apprendre le finnois, ne jugèrent pas nécessaire de s'empoisonner l'existence avec une seconde langue étrangère. Vanninen accepta de bonne grâce de jouer les professeurs, et je fus moi aussi requis.

Nous manquions de papier — ou, plus exactement, nous n'avions ni papier ni manuels. Mais nous écrivions sur le sable avec un bâton et cela marchait tout aussi bien.

Les cours de finnois portèrent rapidement leurs fruits et nous pûmes bientôt considérer que les principales difficultés de communication avaient été surmontées. Le groupe n'en continuait pas moins à utiliser plusieurs langues, ce dont on ne pouvait que se réjouir, puisque cela reflétait sa diversité nationale.

Mme Sigurd n'assista jamais aux cours de finnois, mais elle ne resta pas pour autant à l'écart de tout apprentissage linguistique. À vrai dire, une possibilité beaucoup plus intéressante s'était offerte à elle : Jhan l'Indonésien avait commencé à lui apprendre sa langue.

Ces deux-là avaient en effet décidé d'habiter ensemble. Cela fut une chance non seulement pour eux, mais aussi pour le reste du camp, car Mme Sigurd était devenue beaucoup plus agréable depuis qu'elle avait fondé un foyer provisoire. Même son hostilité à mon égard paraissait avoir diminué.

Bien qu'elle fît toit commun avec Jhan, elle ne demanda pas aux médecins du camp de lui poser un stérilet.

22

On se mit à l'ouvrage avec ardeur pour réaliser le projet « S.O.S. ». On aiguisa les haches, on tailla des barres de levier et les travaux d'abattage commencèrent. Plusieurs équipes furent formées, qui changeaient d'outils périodiquement, car nous n'avions pas suffisamment de haches. Mais il y avait aussi d'autres tâches à accomplir sur le chantier : évacuer les branches, défricher dans la végétation basse des emplacements pour les feux, faire rouler les grands troncs sur le côté.

Avant que les travaux ne prennent leur rythme de croisière, il se produisit toutefois un incident, auquel je me trouvai malheureusement mêlé.

Les bûcherons Lakkonen et Lämsä étaient de bons copains et on voyait de plus en plus souvent avec eux un troisième larron, le copilote George Reeves. Ces trois-là se fréquentaient beaucoup pendant leur temps libre : ils chassaient, pêchaient et étudiaient ensemble. Ils passaient de longs moments dans la jungle, où il leur arrivait même de bivouaquer.

Après la tempête qui nous avait apporté l'aile de l'avion, ils avaient détaché avec ardeur des plaques de métal léger, expliquant qu'ils allaient fabriquer des ustensiles de cuisine. Ils offrirent effectivement à la cuisine du camp quelques petits récipients, mais ils avaient détaché beaucoup plus de plaques et nul ne savait à quoi ils les avaient utilisées.

Un beau jour, Vanninen me dit :

— J'ai l'impression que ces trois-là trafiquent quelque chose de pas clair.

Il ajouta que, ces derniers temps, Lakkonen, Lämsä et Reeves étaient devenus très exubérants : ils chantaient des chansons de marin anglaises ou de méchantes rengaines finnoises et riaient comme des fous à des plaisanteries qui, pour un observateur extérieur, n'avaient absolument rien de drôle.

— Tiens, regarde-les en ce moment, me dit-il. Ils sont encore en train de faire du tapage.

— Si je ne savais pas que cet alcool japonais est en lieu sûr sous la garde de Mme Sigurd, je dirais qu'ils ont bu quelque chose, répondis-je.

Vanninen pensait qu'ils étaient ivres, sans le moindre doute. Il les soupçonnait de fabriquer de l'alcool dans la jungle et me déclara qu'il fallait tirer cela au clair.

— Est-ce vraiment à nous de nous en charger ? demandai-je, mais l'idée m'intéressait vivement.

Nous décidâmes d'agir avec prudence : la prochaine fois que le trio disparaîtrait pour une de ses mystérieuses excursions, nous le suivrions.

Dès le lendemain, aussitôt après avoir été libérés de leurs obligations sur le chantier, les trois hommes se mirent en route. Sans même prendre le temps d'aller se baigner pour se délasser du pénible travail d'abattage, ils s'enfoncèrent en file indienne dans la jungle, et nous partîmes sur leurs traces.

En marchant sur le sentier, ils discutaient

bruyamment, mais au bout de cinq cents mètres environ, nous cessâmes de les entendre. Ils s'étaient engagés dans les broussailles. Guidés par les cris des oiseaux et des singes, nous parvînmes à les suivre. Nous étions très excités, mais nous avions aussi un peu honte.

Bientôt, les cris réprobateurs des singes commencèrent à nous parvenir depuis un endroit donné. Nous en conclûmes que nos lascars s'étaient arrêtés.

Une odeur de fumée chatouilla nos narines. En rampant dans la végétation mouillée, nous nous approchâmes et entendîmes bientôt une conversation étouffée, que nous ne parvenions pas à comprendre. Les oiseaux et les singes s'étaient calmés et nous redoutions que les trois hommes ne nous remarquent. Mais nous n'avions rien à craindre sur ce point : ils étaient persuadés d'être seuls. Nous pouvions maintenant distinguer leurs paroles :

— Aujourd'hui, pas plus d'un demi-litre par personne, déclara Lämsä. Les autres approuvèrent en riant.

Nous fûmes bientôt suffisamment près pour voir de quoi il retournait.

C'était une distillerie clandestine. Une fumée grise s'échappait de dessous une cuve métallique et s'élevait dans la végétation dense. Le feu avait du mal à prendre et les hommes s'accroupissaient à tour de rôle pour souffler sur les flammes, les yeux larmoyants dans la fumée.

Le système de refroidissement était construit de façon ingénieuse dans un tronc évidé rempli d'eau, à l'intérieur duquel plongeait un tube métallique, probablement un conduit de kérosène détaché de l'aile de l'avion. La cuve était faite de pièces de métal assemblées avec de la résine de cocotier ou une substance équivalente. Elle était coiffée d'un récipient plus petit, dont le couvercle comportait une cheville de bois qui faisait office de soupape de sûreté. Par les trous de la cheville s'échappaient de petits jets de vapeur. À l'autre bout de l'auge de refroidissement sortait l'extrémité du tube, d'où coulait un liquide qui devait être de l'alcool.

— Je me demande à partir de quoi ils fabriquent leur bistouille, chuchota Vanninen à mon oreille, d'un air visiblement intéressé.

Nous nous levâmes et avançâmes vers eux.

Lämsä était justement en train de changer la chope au-dessous du tuyau et sa surprise fut telle qu'il manqua de renverser le récipient. Reeves et Lakkonen nous regardèrent d'un air effrayé.

La situation me rappelait de façon saisissante la comédie que les gendarmes finlandais jouent depuis la nuit des temps, sous le couvert des forêts, aux distillateurs clandestins.

Il y eut un moment de flottement. Enfin, Reeves dit :

— Ces messieurs désirent-ils un verre ?

Lämsä nous tendit obligeamment à chacun une tasse en noix de coco. La proposition nous parut tout à fait acceptable et nous prîmes les coupes sans hésiter.

Nous goûtâmes le breuvage avec prudence. Il brûlait le palais et la gorge. Son goût rappelait celui de la gnôle clandestine finlandaise, nuancé d'un léger arôme de genièvre. Vanninen finit sa tasse et déclara en s'essuyant la bouche :

— Incontestablement, c'est de la vraie !

Les bouilleurs de cru opinèrent du bonnet avec

enthousiasme. Ils paraissaient attendre d'autres appréciations. Je demandai :

— Vous en avez déjà fait combien de cuvées ?

— C'est seulement la deuxième, répondirent-ils vivement. Avant ça, on faisait du vin de coco, mais quand on en buvait plus de quelques litres, ça nous collait la diarrhée.

Ils nous expliquèrent leur procédé de fabrication. Ils trouvaient facilement dans la jungle toutes sortes de fruits qui faisaient parfaitement l'affaire. Ils les laissaient pourrir pour provoquer la fermentation du sucre. Pour accélérer le processus, ils avaient imaginé de récolter par terre et sur les branches un genre de moisissure spongieuse. En la faisant macérer dans de l'eau chaude, ils obtenaient un ferment tout à fait acceptable, qu'ils versaient dans la cuve de fruits. Ils touillaient le mélange, puis le chauffaient à feu doux pour bien lancer la fermentation. Au bout de quelques jours, ils ajoutaient de l'eau chaude et des fruits et obtenaient un genre de cidre. À ce stade, il fallait prendre garde à ne pas laisser le liquide tourner au vinaigre. La cuve de bois de trente litres était ensuite enterrée ; dans la fraîcheur de la terre, la fermentation se ralentissait et un vin de fruits tout à fait buvable montait à la surface.

Ils avaient ainsi fait et bu du vin dans la jungle pendant plusieurs semaines, mais depuis que l'orage tropical leur avait permis de construire un dispositif de distillation avec des parties de l'avion, ils avaient décidé de renoncer au vin pour se mettre à produire quelque chose de plus puissant. À présent, le système fonctionnait parfaitement et la deuxième cuvée d'alcool de coco était en cours de distillation.

Les bouilleurs clandestins n'éprouvaient pas la moindre gêne : ils remplirent encore généreusement nos tasses et nous ne leur opposâmes pas de résistance. Leur alcool emportait la bouche, mais c'était tout à fait normal pour une eau-de-vie maison. En Finlande, j'en avais bu de bien pires, que j'avais même dû payer !

L'alcool de coco nous montait à la tête, et ni Vanninen ni moi-même n'avions envie de faire la leçon aux trois producteurs. Au lieu de cela, nous nous joignîmes à leur joyeuse compagnie. On ranima le feu sous la cuve et on observa le goutte-à-goutte avec un vif intérêt. Malgré l'absence de cigarettes, nous passions vraiment un excellent moment.

Vers le soir, nous retournâmes au camp en titubant. Nous étions tellement saouls que tout le monde s'en aperçut.

Le lendemain matin, on nous accusa, Vanninen et moi, d'être des individus irresponsables et indignes de la confiance du groupe, parce que nous avions consommé de l'alcool clandestin, bien que nous fassions partie de la direction du camp. Nous reconnûmes notre faute et déclarâmes que nous acceptions les peines que l'on jugerait nécessaire de nous infliger.

L'assemblée générale décida que nous serions exclus de la direction et condamna Lakkonen, Lämsä et Reeves à deux jours de travaux forestiers prolongés.

Mais l'affaire n'était pas encore tout à fait terminée.

— Puisque ces hommes ont réussi à produire de l'alcool dans les circonstances où nous nous trouvons, nous devons décider collectivement de l'attitude à adopter à ce sujet. Faut-il ou non autoriser la production d'alcool ? demanda la sage-femme brune.

Aussitôt, le camp fut partagé en deux groupes d'opinion opposés, l'un partisan de l'abstinence, l'autre estimant qu'il n'était pas nécessaire de décréter la prohibition, mais qu'il fallait légaliser la production d'alcool et réglementer sa consommation pour l'ensemble du camp.

Nous passâmes au vote.

À une majorité de quelques voix, la prohibition fut rejetée et la fabrication d'alcool autorisée.

La législation afférente fut très facile à élaborer. On décida que la production se ferait en dehors des heures de travail, afin de ne pas compromettre le niveau de vie du camp ni l'avancement des travaux d'abattage ; aucun partisan de l'abstinence ne serait obligé d'y participer et la consommation serait surveillée, afin que personne ne tombe dans un état d'ivrognerie susceptible de gêner l'accomplissement de ses tâches.

On fixa le prix des boissons : une heure de travail d'intérêt général donnerait droit à deux tasses d'alcool de coco, soit environ douze centilitres.

23

À la suite de cette affaire, la sage-femme brune se retrouva seule pour diriger le camp, puisque Vanninen et moi avions été écartés du pouvoir. Nous n'en ressentîmes pas trop d'amertume, car diriger un camp aussi important est en définitive un travail assez ingrat.

La sage-femme brune donna une nouvelle impulsion au projet « S.O.S. ». C'était une organisatrice-née : les équipes de travail reçurent des instructions précises, l'entretien des outils fut assuré et de nouveaux outils, notamment des scies à long manche, furent fabriqués à partir de pièces métalliques arrachées à l'aile de l'avion. Elle ordonna aux bûcherons finlandais de prendre la direction des équipes et de montrer comment il fallait s'y prendre pour abattre des arbres. Ils connaissaient leur métier et le travail commença à avancer à un bon rythme.

Nous dégageâmes à titre d'essai une bande courbe de quinze mètres de large et cinquante de long, qui devait être le coude méridional du premier S. Nous avions décidé que les lettres seraient orientées nord-sud, comme sur une carte de géographie.

Le défrichage de la surface d'essai nous prit deux

ou trois semaines. Nous cassions les petites plantes et les entassions en bordure de l'espace dégagé. Les grands arbres étaient plus difficiles à abattre, car certains étaient durs comme de la pierre : il fallait s'arrêter régulièrement pour aiguiser les haches et la sueur coulait à flots. Les palétuviers qui se trouvaient près de la plage étaient particulièrement coriaces : ils étaient gros, avaient des racines immenses et, pour couronner le tout, poussaient sur un terrain imbibé d'eau, presque bourbeux.

Les arbres géants étaient si épais qu'il était inutile d'essayer de les couper au niveau du sol ; il fallait se placer à quelques mètres de hauteur, là où le tronc était déjà beaucoup plus mince. Nous construisîmes pour ce faire des tourelles mobiles. Quand on regardait de loin l'abattage d'un de ces grands arbres, on avait l'impression que les travailleurs se tenaient sur un échafaudage et étaient occupés à réparer le tronc avec leurs haches. Un seul arbre nous occupait pendant deux ou trois jours, et nous rencontrâmes une fois un spécimen si gros qu'il nous résista pendant six jours.

En inspectant la zone d'essai, nous vîmes que notre système était au point et nous nous remîmes à l'ouvrage.

Les hommes chargés de l'abattage faisaient parfois des pauses, pendant lesquelles ils discutaient de toutes sortes de choses sur les échafaudages. Je me souviens qu'un jour, Lakkonen déclara qu'il n'avait jamais participé à une campagne forestière aussi folle que celle-ci. Lämsä lui répondit :

— Moi, à Kuirujoki, en Laponie, j'en ai fait une encore plus bizarre, ou en tout cas très particulière.

Le patron de Kuirujoki, un vieillard plein de hargne, était depuis des années en conflit avec son plus proche voisin. Les cent hectares et la grande ferme du vieux se trouvaient au bord d'une rivière, en amont d'un rapide, et la maisonnette du voisin honni se dressait en aval. Nul ne connaissait l'origine de la querelle, et certainement pas Lämsä, qui était arrivé là avec une équipe de flotteurs de bois. Le patron de Kuirujoki avait fait tout ce qu'il avait pu pour causer des ennuis à son voisin, allant jusqu'à essayer d'acheter son exploitation, mais il n'avait pas réussi à se débarrasser de lui. Il avait fini par concevoir un projet qui lui paraissait grandiose : il utiliserait les forces de la nature pour anéantir la maison et le sauna de son ennemi.

Il avait embauché l'équipe de flotteurs, soixante hommes au total, pour abattre rapidement de gros arbres en amont du rapide.

— C'était un vrai chantier forestier, épuisant et démentiel, expliqua Lämsä. Avec des dizaines de scies à moteur, on a rasé une zone de forêt magnifique. On n'avait pas besoin de mesurer les troncs, on les abattait au jugé, et on les ébranchait sans trop se casser la tête. Ça ne pouvait pas donner du bon bois de scierie, mais le patron de Kuirujoki nous avait dit que l'essentiel était d'entasser quelques milliers de troncs sur les bords du rapide avant la fin des hautes eaux. On a fait venir huit tracteurs et on a dressé sur les berges de la rivière des piles de plusieurs mètres de haut. Lorsque le patron a estimé qu'il y en avait suffisamment, il a loué aux hommes de l'Office du défrichage quatre bulldozers. Un beau matin, il est monté au sommet d'une pile, une montre à la main, et a fait signe aux conducteurs de tout jeter à l'eau le plus rapidement possible.

Cela avait été un sacré spectacle : des milliers de troncs précipités en un clin d'œil dans le rapide, plus quelques autres poussés à la main par les bûcherons. Le patron de Kuirujoki avait pensé que, si l'on mettait à l'eau d'un seul coup une telle quantité de troncs, il se formerait à coup sûr un barrage en aval et l'eau monterait si haut que la maison du voisin serait emportée par la crue, avec le sauna, naturellement, et peut-être même l'étable, bien qu'elle fût à cinquante mètres de la rive. Le brigadier avait découvert deux ans plus tard, sous le matelas du patron, des dessins montrant comment il imaginait la chose.

Mais les troncs étaient beaucoup trop nombreux, et le barrage s'était formé presque sur le lieu du lancement. En voyant cela, le patron de Kuirujoki avait essayé de courir jusqu'aux bulldozers pour dire à leurs conducteurs d'arrêter. Mais il n'avait pu en atteindre qu'un seul. L'eau était déjà si haute qu'il était impossible d'accéder aux autres engins autrement qu'en bateau.

Le rapide s'était rempli très vite, puis l'eau s'était mise à monter aussi en amont. À la tombée de la nuit, la ferme du patron était immergée jusqu'aux appuis des fenêtres. Mais en contrebas, évidemment, la rivière était à son niveau habituel. Le voisin avait tout de même sorti ses vaches de l'étable pour les mettre en sûreté dans la prairie enneigée, puis il était venu voir quelle était la situation en amont.

L'eau avait monté toute la nuit, à tel point que le sauna de Kuirujoki s'était mis à flotter et avait dérivé jusqu'au barrage.

Au matin, des hommes de l'Office des forêts avaient ouvert une brèche à la dynamite. La décrue avait commencé et on avait réussi à désagréger complètement le bouchon. Une fois le rapide libéré, le sauna était parti au fil du courant et sa cheminée s'était brisée au niveau de la ferme du voisin.

Celle-ci n'avait pas été emportée par les flots, son sauna non plus. Le vieux de Kuirujoki s'était mis dans une telle colère qu'il avait menacé de tuer les conducteurs de bulldozer, mais ceux-ci étaient vite partis avec leurs machines. Une fois l'eau redescendue, le patron, furieux de l'échec de son projet, avait massacré un cochon à coups de hache. On l'avait vu courir jusqu'à l'étable, une hache à la main et de l'eau jusqu'à la ceinture. On avait eu connaissance du carnage en voyant de l'eau mêlée de sang sortir par la trappe à fumier et en entendant des bruits terribles à l'intérieur : les hurlements du cochon et les jurons du patron.

— Le lendemain, quand il a été un peu calmé, il nous a tout de même payé notre salaire, et même en riant, expliqua Lämsä. Les troncs, il les a débités en bois de chauffage. On ne pouvait pas en faire des planches. Trois brebis s'étaient noyées dans l'étable, à moins qu'il ne les ait tuées elles aussi pendant son accès de fureur.

Il y avait au moins un plan sur lequel notre campagne d'abattage dans la jungle se distinguait de toutes les autres, c'était celui de la productivité ! Mais nous ne pouvions pas ironiser continuellement sur notre travail, car nous ne perdions pas de vue sa finalité.

Lorsqu'un grand arbre était sur le point de tomber, on appelait tout le monde pour assister au spectacle.

Cela valait le déplacement.

On écartait d'abord les tourelles et un seul homme restait pour donner au géant les derniers coups de hache. Dans ces arbres hauts de plusieurs dizaines

129

de mètres vivaient de nombreux oiseaux, et parfois des singes, qui restaient jusqu'au dernier moment. Lorsque l'arbre commençait à vaciller, les animaux étaient pris de panique : les petits singes descendaient à toute vitesse le long du tronc ou essayaient de courir sur les branches pour se mettre à l'abri ; souvent, ils tombaient de leur maison vacillante en poussant des cris de terreur. Les oiseaux effrayés voletaient autour de l'arbre comme les sorcières folles qui se réunissent la nuit de Pâques dans les étables finlandaises.

Pendant que retentissaient les derniers coups, le tronc se mettait à gémir. Le bûcheron donnait quelques coups supplémentaires, puis il sautait rapidement au bas de la tourelle et courait se mettre à l'abri.

On pouvait alors assister à la mort du géant : le gros tronc grinçait et commençait à s'incliner très lentement. Le feuillage immense s'éloignait de plus en plus des spectateurs. On avait l'impression qu'un épais nuage vert était en train de descendre du ciel. Bientôt, la cime prenait de la vitesse, le tronc se brisait avec un bruit terrible et, avant d'atteindre le sol, se détachait de sa souche. La chute s'accélérait : la cime bruissait comme s'il faisait du vent, les oiseaux criaient et les bûcherons poussaient des hurlements de joie. Un grondement énorme résonnait dans la jungle tandis que l'arbre écrasait tout ce qui se trouvait au-dessous de lui : les petits arbrisseaux de la taille d'un homme se brisaient comme des pailles entre les doigts d'un ivrogne ; lorsque la couronne s'écrasait dans la jungle, le tronc était projeté dans les airs jusqu'à dix mètres de hauteur. Une fois à terre, il continuait de craquer, comme s'il cherchait sa place ; il faisait penser à une baleine bleue qui, avant de mourir dans l'océan, rassemble ses dernières forces et fait valser le baleinier. La chute était vraiment finie : le géant reposait en silence dans la jungle, dévoilant les revers blancs de ses feuilles sombres, comme un soldat mort au combat, dont le bouclier repose à l'envers sur le corps privé de vie.

Tout le camp se précipitait alors sur les lieux en criant. On sautait sur le tronc, on chantait et on dansait pour célébrer cette victoire. On apportait aussitôt à l'équipe qui avait procédé à l'abattage quantité de tasses d'alcool de coco, et on commençait à préparer le festin.

Parfois, nous fêtions l'événement avec tant d'enthousiasme que le travail ne pouvait reprendre que le lendemain : nous nous empiffrions et dansions sur la plage en picolant.

24

Les bûcherons finlandais construisirent un sauna pour le camp. Ils creusèrent à la lisière de la jungle une fosse profonde qu'ils recouvrirent de gros troncs d'arbre. Le résultat ressemblait à un blockhaus, si vaste que cinq hommes pouvaient y tenir en même temps. Ils bâtirent dans un coin un poêle en pierre, qu'on alimentait depuis l'intérieur.

Dès lors, la majorité d'entre nous alla au sauna une ou deux fois par semaine, y compris les femmes, qui se montrèrent très enthousiastes.

Le poêle était si gros que, lorsqu'on le chauffait très fort le soir, on pouvait encore avoir de la vapeur le lendemain matin. En pareil cas, les femmes allaient généralement faire leur toilette matinale au sauna.

Un matin, la Suédoise Birgitta et l'hôtesse de l'air anglaise Cathy allèrent se laver. Allongées sur les gradins de bambou, elles transpiraient en silence, lorsqu'elles entendirent un bruit étrange du côté de la bouche d'aération, située dans le fond. Elles éclairèrent avec la torche l'endroit d'où venait le bruit et ne purent retenir un cri d'effroi : un gros sanglier essayait de se glisser à l'intérieur par l'orifice trop étroit. Les cris des femmes l'effrayèrent. Passant d'un coup à travers le trou, il se rua dans le sauna et, terrorisé, se mit à pousser des grognements vigoureux, tandis que les deux femmes, aussi affolées que lui, continuaient de hurler.

La porte était fermée, de sorte que le sanglier ne pouvait pas s'enfuir. Il tournait en rond, en tapant des pieds si fort que du sable et de la terre se détachaient des parois et lui tombaient sur la tête. Les femmes nues demeuraient accroupies sur les gradins sans oser descendre. Elles devaient affronter seules leur pénible situation.

Le reste du camp alla travailler sur la zone d'abattage, et nul ne remarqua leur absence.

Elles passèrent toute la journée au sauna en compagnie du sanglier. Il y faisait une chaleur étouffante, mais elles n'eurent pas le courage de quitter leur perchoir, et peut-être était-ce mieux ainsi, car les gros sangliers peuvent être très dangereux lorsqu'ils se sentent traqués.

La réserve de torches s'épuisa et le trio passa la fin de la journée dans le noir absolu. L'animal fouissait la terre des parois. Dans l'après-midi, il se calma et fit même une petite sieste. Les femmes ne fermèrent pas l'œil, car elles craignaient de tomber entre ses mâchoires si elles s'endormaient. De temps en temps, les gradins craquaient et elles croyaient que c'était le sanglier qui les poussait avec son groin. Le cœur battant à tout rompre, elles priaient le ciel pour que la structure de bois résiste et pour que quelqu'un vienne les sauver.

Le soir, une fois la journée de travail terminée, on se rendit enfin compte qu'elles avaient disparu.

Tout le monde se mit à leur recherche et on finit par les découvrir.

Jhan alla chercher son fusil, entra dans le sauna et tua le sanglier. C'est ainsi qu'elles furent sauvées.

Nous dépeçâmes l'animal et fîmes cuire à la flamme de gros morceaux de viande, que nous mangeâmes de bon appétit ; seules Cathy et Birgitta, qui avaient passé la journée avec lui, refusèrent d'y toucher.

Depuis ce jour, les femmes cessèrent d'aller seules au sauna. Elles attendirent toujours qu'un homme rejoigne le groupe. La peur et la pudeur s'étaient donné la main.

Un jour, comme je travaillais à l'abattage d'un grand arbre avec Taylor, celui-ci me dit pendant une pause :

— Est-ce bien raisonnable de se donner tant de mal pour partir d'ici ? Il me semble que cette île serait un endroit idéal pour passer agréablement les années de vie qui nous restent.

Il déclara qu'il ne comprenait pas pourquoi nous tenions tant que ça à retourner dans un monde déchiré par les guerres, pour payer des impôts, acheter des produits coûteux et superflus, avoir un cancer du poumon ou quelque autre maladie, écouter les jérémiades continuelles de nos épouses au sujet de leurs jambes enflées et de la laverie toujours bondée. L'Europe était en pleine pénurie énergétique, il y faisait froid, et pour ce qui était de la démocratie occidentale, inutile de partir d'ici, l'organisation de ce camp était bien meilleure. Il marmonna qu'en ce qui le concernait, aucune des deux chambres du Parlement britannique ne lui manquait le moins du monde ! Il évoqua encore l'entrée de la Grande-Bretagne dans la C.E.E. et se mit presque en colère : nous étions complètement fous de vouloir quitter cette île !

Je lui fis remarquer que tout n'était pas parfait dans notre camp. Par exemple, nous n'avions pas la télévision.

— La télévision ! Mais qu'est-ce que nous y verrions ? Le spectacle de la souffrance humaine, entrecoupé de divertissements, de rires absurdes et insensés, de publicités ! Bien sûr, il y a aussi des émissions intéressantes. Moi, par exemple, j'aimais bien les documentaires sur la nature et les animaux, ou sur des régions du monde comme celle où nous nous trouvons aujourd'hui. Mais devons-nous retourner en Europe uniquement pour pouvoir regarder la télévision et constater à quel point notre situation actuelle était enviable !

Il évoqua encore longuement tous les avantages dont nous jouissions : nous vivions dans une liberté sexuelle absolue, entourés de jeunes femmes — qui elles-mêmes étaient entourées de nous ! —, nous mangions admirablement bien : nous avions des poissons délicieux en abondance, des fruits à gogo, de la viande de tortue, des escargots, des reptiles, des légumes, du sanglier, des oiseaux ! Nous pouvions prendre un verre quand nous le voulions, nous apprenions des langues étrangères, nous faisions du sport, nous disposions d'un service médical très bien organisé, nous avions appris à comprendre et à utiliser la nature tropicale, nous pouvions aller au sauna et nager dans la mer tiède autant que nous le voulions. Nous vivions dans un véritable paradis.

Incontestablement, quand on considérait les choses sous cet angle, la réalisation du projet « S.O.S. » paraissait un peu stupide.

Mais nos familles, en Europe ?

— Il y a déjà si longtemps que nous avons disparu, objecta Taylor, qu'on nous tient pour morts

136

depuis belle lurette. Bien sûr, ce serait agréable de revoir nos femmes et surtout nos enfants, mais désirent-ils vraiment notre retour ? En ce qui me concerne, je n'exclus pas que ma femme soit déjà remariée, et si elle a un peu pleuré à cause de ma disparition, n'a-t-elle pas en définitive accueilli cette liberté nouvelle avec satisfaction ? Elle serait peut-être sacrément déçue si je réapparaissais un jour à la maison.

Je lui demandai de quand datait son revirement. Je me souvenais que c'était justement lui qui, au début, maudissait cette île de la pire façon.

— J'ai simplement réfléchi de plus près à la vie que nous menons ici. Tu devrais essayer, toi aussi, d'examiner cet aspect de notre situation.

Nous convînmes qu'il ne chercherait pas à s'opposer à notre projet d'appel au secours.

— Ils vont bien finir, eux aussi, par comprendre ce qu'ils sont en train de faire, dit-il.

Une fois la journée de travail terminée, il m'invita à prendre un verre au café de la jungle. Le camp avait construit un vaste café en plein air où l'on vendait de l'alcool et du vin de coco. Grâce au frigo collectif, les boissons étaient servies bien fraîches.

Ce soir-là, nous bûmes pour sept heures de travail, et je dois avouer que nous étions plutôt gais.

26

Il y avait déjà trois mois que nous étions sur l'île. Nous nous étions construit des abris provisoires, mais ceux-ci étaient loin de constituer des logements parfaits. Le vent avait déchiré les toits en tissu, de sorte qu'ils ne retenaient plus l'eau, et les tempêtes mettaient en général nos abris sens dessus dessous. Certains en avaient assez d'habiter à même le sol, c'était mon cas.

J'ai toujours eu peur des serpents, et, bien que la plupart de ceux qui vivaient dans la jungle fussent parfaitement inoffensifs, je n'arrivais pas à m'habituer à être réveillé en pleine nuit par un reptile qui se tortillait sur mon ventre. Lorsque je commençai à envisager la construction d'une cabane, je décidai de la faire sur pilotis, afin d'échapper aux serpents. Si je parvenais à la couvrir d'un toit correct, je cesserais aussi d'être importuné par ceux qui tombaient des arbres.

Les femmes avaient commencé à fabriquer de la corde. Elles tressaient avec ardeur pendant des soirées entières, puis échangeaient leur production au café contre de l'alcool de coco. Je me fis plusieurs fois la réflexion que, partout dans le monde et quelles que soient les circonstances, les femmes étaient décidément toujours les mêmes : elles me faisaient penser à ces vieilles Finlandaises qui tricotent des bas le soir dans leur fauteuil à bascule.

Je calculai la longueur de corde dont j'aurais besoin pour construire ma cabane et passai commande auprès de la tresseuse la plus portée sur la boisson. Pour être en mesure de la payer, je dus transporter du bois pour les besoins de la collectivité.

Je dessinai sur une feuille le plan de ma cabane : celle-ci serait construite sur de solides poteaux de deux mètres de haut. La superficie du plancher serait de six mètres carrés — deux mètres de large et trois de long. Une hauteur sous plafond suffisante pour se tenir debout, un toit en pente, un escalier, ou plutôt une échelle, une ouverture large fermée par une vraie porte. Plus deux petites fenêtres, l'une donnant sur la mer, l'autre sur la jungle. Un hamac en guise de lit et quelques tabourets pour faire asseoir les invités. Plus tard, je me débarrassai de deux tabourets afin de faire de la place pour un second hamac, car rien ne m'obligeait à habiter seul.

En plus de tout cela, je projetais de construire face à la mer, sur le plus petit côté de la maison, c'est-à-dire celui de deux mètres de long, un balcon qui occuperait toute la largeur du mur, avec un solide garde-corps en bois. Sa surface serait d'un peu plus de trois mètres carrés, ce qui serait largement suffisant pour s'y sentir à son aise.

Lorsque je commençai les travaux, trois mois s'étaient écoulés depuis l'accident. Pendant la journée, je ne pouvais évidemment pas travailler sur mon chantier, car nous continuions à déboiser nos grandes lettres et je participais aussi aux activités de pêche. Mais le soir, je disposais de suffisamment de temps, car, pour des raisons financières, j'avais renoncé presque totalement à fréquenter le café de la jungle. La construction de ma cabane me demanda un bon mois de travail.

Dès le début, je me heurtai à des difficultés. Il me manquait en effet une barre à mine qui m'aurait permis de creuser des trous pour enfoncer les pilotis. J'avais défriché dans la forêt une petite clairière — je ne voulais pas construire ma cabane sur la plage, car je savais qu'une tempête tropicale la balaierait aussitôt, comme le grand méchant loup disperse d'un souffle la maison de paille du petit cochon paresseux. Le sol à cet endroit n'était pas très dur, mais avec un simple piquet, je ne réussis pas à faire des trous suffisamment profonds. Je décidai finalement de me tailler un solide pic en bois, sur lequel je fixai de grosses pierres à l'aide d'une corde, de sorte qu'il pesait au moins quinze kilos. Lorsque je l'enfonçai en terre, je constatai qu'il s'agissait d'un outil plus efficace encore qu'une barre à mine.

Je dressai les pilotis, installai l'échelle et construisis le soubassement de la maison à deux mètres de hauteur. Je laissai dépasser l'extrémité des pilotis, qui me servirent de poteaux d'angle lorsque je commençai à monter les murs. Mais auparavant, je posai un plancher, qui devait me faciliter la suite du travail.

J'utilisai pour cela des perches de bois grosses comme le bras, que j'attachai avec de la corde au cadre de soutènement. Je ne me donnai pas la peine de colmater les fentes, car j'estimais qu'aucun serpent ne pourrait monter jusque-là.

La construction des murs fut un peu plus difficile.

Il me fallut d'abord décider s'il valait mieux disposer les rondins à l'horizontale ou à la verticale. J'optai pour la seconde solution, afin que l'eau de pluie ne pénètre pas trop facilement dans la cabane. En outre, les troncs étaient assez lourds et il aurait été difficile de les fixer aux pilotis avec de la corde. Mon choix se révéla donc tout à fait judicieux.

Pour le toit, j'utilisai des troncs un peu plus petits ; je commençai par disposer une rangée de poutrelles assez espacées, que je recouvris de feuilles de palmier (je pris soin de les entrecroiser, comme on le fait pour les paniers en lames d'aubier, et disposai les dernières dans le sens du ruissellement, comme sur un toit de bardeaux) ; je recouvris ces feuilles épaisses et rigides de longues cannes de bois, afin que le vent ne les emporte pas. J'attachai ensuite en travers des cannes des poutrelles plus lourdes, dont les extrémités atteignaient les poteaux d'angle. Le résultat me parut satisfaisant.

En montant les murs, j'avais ménagé des ouvertures pour les deux fenêtres et pour la porte. Je fabriquai des gonds avec des morceaux d'aluminium et installai le battant de la porte. Je remédiai à l'absence de vitres en confectionnant avec de la toile de gilet de sauvetage des rideaux assez épais, que l'on pouvait tirer pour la nuit et ouvrir pendant la journée, si l'on avait envie de regarder la mer ou la jungle.

Je construisis ensuite le balcon. Et lorsque j'eus meublé la cabane, je pus organiser une petite fête.

En même temps que la mienne, trois autres cabanes avaient vu le jour, une construite par des Suédoises, une autre par Lämsä et la troisième par Taylor. Seule celle de Lämsä était bâtie sur le même modèle que la mienne, et on se rendit compte bien vite que les deux autres devaient être modifiées de façon importante avant de devenir utilisables.

Maj-Len vint habiter chez moi sans me demander mon avis. Elle apporta un hamac qu'elle avait fabriqué et s'installa exactement comme chez elle. J'avais l'impression qu'elle était soudain devenue une dame : son prestige auprès des autres femmes s'accrut sans doute quelque peu, et sa façon d'introduire dans la cabane de petits éléments de décoration ajoutait encore à son côté femme mariée. Tout cela me paraissait bel et bon.

Lorsque les autres comprirent à quel point ma cabane était agréable en comparaison de leurs abris de fortune, certains entreprirent de s'en construire une identique. Mais la majeure partie du groupe estima ces efforts inutiles, puisque, de toute façon, nous retournerions bientôt vers la civilisation.

Cela paraissait en effet vraisemblable : un peu plus de cinq mois après notre arrivée sur l'île, nous avions tracé dans la jungle le premier S et une partie du O.

Mais nous qui avions à présent des logements confortables, nous ne regrettions pas nos pénibles travaux du soir. Nous avions désormais le temps de fréquenter le café de la jungle et de regarder la mer. Et nous dormions beaucoup mieux la nuit, car nous étions moins gênés par l'humidité du sol.

Je commençais à craindre que Maj-Len ne se mette un jour à tenir le même genre de propos que Taylor : il était visible qu'elle se plaisait sur cette île déserte.

27

Taylor avait construit un grand radeau en rondins capable de porter quatre ou cinq personnes. Une fois qu'on l'avait amené près des récifs à la gaffe et à la pagaie, on pouvait pêcher tranquillement depuis son bord.

Un jour de bruine, il partit pêcher avec Jhan et Mme Sigurd. L'Indonésien avait tenu à venir et, pour ne pas se séparer de lui, sa dulcinée avait voulu faire partie elle aussi de l'expédition.

Poussés par un léger vent de terre, les trois pêcheurs mirent le cap vers les récifs avec leur attirail. De la rive, nous les vîmes jeter l'ancre et se mettre à pêcher.

Après plusieurs heures d'efforts, ils avaient certainement déjà pris beaucoup de poisson et devaient se préparer à revenir, lorsqu'un orage tropical se leva de façon inattendue. Le ciel devint noir, le tonnerre se mit à gronder et une pluie torrentielle s'abattit à grand fracas sur la terre. La visibilité se réduisit et nous cessâmes de distinguer le radeau.

Le vent de tempête soufflait toujours de la terre et nous commençâmes à craindre que les pêcheurs ne soient en difficulté. Nous décidâmes toutefois d'attendre la fin de l'orage.

Le soir vint, et l'on ne voyait toujours pas le radeau de Taylor. Nous essayâmes de savoir ce qui s'était passé en allant jusqu'à la barrière de corail avec le radeau pneumatique. Ce fut un trajet éprouvant : le vent faisait tanguer l'embarcation et nous faillîmes nous fracasser contre les récifs. Le retour à la plage nous prit plus d'une heure, car nous dûmes ramer contre le vent. Nous ne vîmes aucune trace de Taylor et de ses équipiers. Nous redoutions le pire.

Pendant la nuit, la tempête retomba, les nuages s'éloignèrent et la pleine lune vint les remplacer. Nous remîmes à l'eau le radeau pneumatique et retournâmes aux récifs.

Nous découvrîmes Jhan, qui s'était agrippé de toutes ses forces à un récif mugissant et n'en avait réchappé que de justesse. À plusieurs reprises, les vagues l'avaient submergé, mais il ne s'était pas laissé aller ; il s'était battu contre les éléments, et lorsque la tempête avait cessé, il était épuisé, mais vivant.

Nous le fîmes monter à bord et lui demandâmes ce qu'il était advenu de Mme Sigurd et de Taylor.

— Quand l'orage a éclaté, nous expliqua-t-il, le radeau s'est détaché de son ancre, il est parti à la dérive et les brisants l'ont projeté contre les récifs. Je suis tombé à l'eau. J'ai vu le radeau sauter par-dessus la barrière de corail, et les deux autres qui s'agrippaient pour ne pas tomber. Je n'ai pas pu les rejoindre. Je suis resté coincé sur mon récif.

Le radeau était parti avec ses passagers vers la haute mer déchaînée. Jhan précisa qu'il paraissait encore en bon état au moment où il s'était perdu dans l'obscurité.

Nous conduisîmes Jhan sur la plage et allumâmes des feux à la pointe du promontoire. Nous pensions que si les disparus les apercevaient, ils pourraient regagner la côte à la pagaie.

La lune luisit d'un air triste toute la nuit. Puis le jour se leva et un vent léger se mit à souffler du sud-est. Nous n'avions toujours pas vu la moindre trace du radeau. Jhan scrutait la mer, visiblement très affligé par la disparition de Mme Sigurd.

Deux jours plus tard, Taylor et elle réapparurent au camp, à bout de forces et dans un état pitoyable. Nous leur donnâmes à boire et à manger, puis ils racontèrent leur histoire.

Le radeau, soulevé par les brisants, avait franchi la barrière de corail et la tempête l'avait poussé vers le large. Ils avaient eu toutes les peines du monde à rester à bord. Lorsque l'orage avait cessé, pendant la nuit, ils avaient constaté que l'île n'était plus visible. Le lendemain, le vent de sud-est avait commencé à les pousser en sens inverse, et le soir ils étaient arrivé à l'autre bout de l'île, très loin du camp. Ils avaient abandonné le radeau sur la plage et avaient marché une journée entière avant de nous rejoindre.

Jhan coupa avec son couteau de gros morceaux de viande pour Mme Sigurd et l'emmena dans sa cabane. Taylor se retira lui aussi pour aller dormir, après avoir bu un petit coup.

Toute cette aventure aurait été très vite oubliée si elle n'avait eu des conséquences inattendues.

Au bout de quelques semaines en effet, Mme Sigurd confia à la sage-femme brune qu'elle craignait d'être enceinte.

La sage-femme en parla à Vanninen, qui me mit dans la confidence. Il examina Mme Sigurd et constata que celle-ci ne s'était pas trompée sur son état.

Cela fut pour elle un choc terrible.

La situation était compliquée par le fait qu'il s'agissait d'une grossesse purement accidentelle et que Mme Sigurd, qui avait refusé la contraception, était également opposée à l'avortement. À son âge, mettre au monde un enfant dans la jungle paraissait relativement risqué. Il fallait également tenir compte du fait qu'elle avait un mari en Suède, un mari qui ne se doutait certainement pas que sa femme, loin d'être morte comme il le croyait, était tombée enceinte sous les tropiques des œuvres d'un soldat indonésien.

Les événements de ce genre suscitent souvent une certaine panique, mais, le temps passant, on s'y habitue et on commence à les trouver naturels.

Nous calculâmes que si le projet « S.O.S. » se déroulait conformément à nos prévisions, l'enfant naîtrait en Europe, de sorte que l'accouchement dans la jungle n'était pas une fatalité. Mme Sigurd ne voulait pas avorter ; nous laissâmes donc les choses suivre leur cours. À la demande de la future maman, Vanninen n'annonça pas la nouvelle au reste du camp. Je fus prié moi aussi de ne rien dire pour l'instant.

Mais qu'y faire ? Un soir, alors que nous sirotions de l'alcool de coco au café de la jungle, je mentionnai la chose à Taylor sous le sceau du secret. Je lui demandai si Mme Sigurd lui en avait parlé pendant qu'ils se trouvaient tous les deux seuls sur le radeau en pleine mer. Je pensais que, dans de telles circonstances, la dame renfermée s'était certainement confiée à lui.

Taylor devint pâle comme un linge et faillit lâcher sa tasse.

Je lui fis boire un petit coup et son visage s'empourpra. J'avais rarement vu un homme aussi catastrophé.

Il me déclara alors qu'il était peut-être le père de l'enfant. C'est impossible, me dis-je. Mais il me raconta à voix basse, d'un air bouleversé, tout ce qui s'était passé en mer la nuit de l'accident et pendant la journée du lendemain.

Lorsque la tempête s'était calmée, épuisés, ils s'étaient endormis côte à côte sur le radeau. La lune s'était levée. L'embarcation se balançait doucement au gré des vagues. Le vide désespérant de la mer les entourait. La situation était terriblement romantique : aucun d'eux ne croyait qu'ils pourraient jamais retourner sur l'île.

C'est dans ces circonstances que Mme Sigurd lui avait avoué son amour. Elle était tombée amoureuse de lui dès le premier instant, à Tokyo. Elle l'avait observé pendant qu'il plaisantait avec les hôtesses de l'air d'une compagnie australienne. Elle avait gardé son image au fond de son cœur, et, sachant qu'elle n'avait aucune chance d'être aimée en retour, s'était comportée comme elle l'avait fait, refusant la contraception, se montrant querelleuse et malveillante.

Le sentiment partagé de leur mort prochaine et la déclaration sincère et enflammée de la dame avaient fait très forte impression sur Taylor.

Ils s'étaient unis sur le radeau et avaient même recommencé plusieurs fois. Ils s'étaient juré l'un à l'autre qu'ils ne révéleraient jamais rien à quiconque et que leur amour resterait secret jusqu'à leur dernière heure.

Mais ensuite, il était arrivé ce que l'on sait : la brise de sud-est les avait ramenés sur l'île, ils s'étaient traînés péniblement jusqu'au camp, et leur liaison désespérée s'était arrêtée là.

Mme Sigurd habitait de nouveau avec Jhan, et Taylor dans sa cabane.

— Peut-être est-ce Jhan le père, dis-je.

— Oui, peut-être.

Le doute ne devait être dissipé qu'en Europe.

28

Reeves, Lakkonen et Lämsä avaient apprivoisé un petit singe, qu'ils avaient capturé au cours d'une expédition de chasse après l'affaire de la distillerie clandestine.

Quand ils étaient installés au café, le soir, convertissant en alcool leurs heures de travail, le singe, assis tantôt sur l'épaule de Lämsä tantôt sur celle des deux autres buveurs, observait les événements en faisant de temps à autre de drôles de petits sauts pour réclamer à boire. Il avait l'air de bien s'amuser.

Il devait s'agir d'un petit cercopithèque ou de quelque chose d'approchant. Tout le monde l'aimait beaucoup, mais les trois hommes veillaient jalousement sur leur protégé et personne d'autre ne pouvait le caresser, encore moins lui donner à manger.

Un jour, Maj-Len me demanda discrètement si je ne croyais pas que je pouvais moi aussi, comme ces trois ivrognes, ramener un petit singe à la maison. Ce serait si mignon, ajouta-t-elle.

J'y avais déjà songé, mais je me disais que c'était une tâche presque impossible. Elle argua que la jungle était pleine de ces bestioles et que je pouvais au moins essayer.

J'avais l'impression de me retrouver dans la même situation qu'en Finlande, le jour où ma femme m'avait demandé de trouver un petit chaton : pour exaucer son souhait, il m'avait fallu une bonne dose d'impudence : j'étais allé en taxi chez les parents d'une personne de mes connaissances qui s'occupait de chatons et j'en avais emporté un, déjà promis à un ingénieur.

Je décidai d'essayer de faire plaisir à Maj-Len et de capturer un singe qui soit vraiment à nous.

Muni d'un petit sac en toile, je m'enfonçai profondément dans la jungle et commençai à scruter le feuillage des arbres. Il me sembla que les singes étaient moins nombreux que d'habitude.

Avec moi, c'est toujours la même chose : quand je suis au bord d'un lac et que je n'ai pas l'intention de pêcher, je vois de grands bancs de poissons, d'énormes brochets sautent juste sous mon nez et j'ai l'impression que le lac contient davantage de poissons que d'eau. Mais lorsque je reviens pêcher au même endroit, tout est parfaitement calme : pas le moindre poisson en vue, le lac semble aussi peu poissonneux que l'eau de condensation d'une centrale de chauffage urbain !

Je découvris enfin un groupe de singes, petits et gros, qui batifolaient dans les arbres au-dessus de moi. Lorsque je m'arrêtai pour les observer, ils se mirent à pousser des cris effrontés dans ma direction. Certains me jetèrent des rameaux et des morceaux de branches. Ces animaux savent être désagréables même à l'état sauvage.

Je commençai à escalader un grand arbre aux multiples ramifications. Tenant le sac entre les dents, je grimpai de plus en plus haut, et le feuillage m'empêcha bientôt de distinguer le sol.

Les singes affolés s'enfuirent en faisant un vacarme de tous les diables. Mais je ne leur prêtai qu'une attention distraite et poursuivis mon ascension. Je m'arrêtai dans la partie supérieure de l'arbre, au point de rencontre de plusieurs grosses branches. J'estimai que j'étais au moins à vingt mètres au-dessus du sol, c'est-à-dire à la hauteur d'un immeuble de quatre étages. Sur cette fourche, je me reposai en toute tranquillité, adossé au tronc qui oscillait lentement.

Les singes me crièrent après pendant un certain temps, puis, poussés par la curiosité, ils se rapprochèrent et les plus hardis sautèrent sur les branches du haut où je me tenais à l'affût, le sac ouvert dans les mains. Je me dis que j'avais tout mon temps et les encourageai intérieurement : venez mes petits, venez faire connaissance !

J'avais pris soin de garnir le fond de mon sac de friandises pour singes — des boulettes à base de noix de coco séchée, que celui du groupe de Reeves appréciait par-dessus tout. Mon but était de lier connaissance à la manière d'un vieux satyre.

Les singes s'étonnaient de ma présence, mais ils ne semblaient plus me craindre. Cela me parut bon signe. Peu à peu, ils s'enhardissaient et j'en comptai au moins une vingtaine dans mon arbre, parmi lesquels beaucoup de jeunes. Les gros étaient plus prudents et avaient à mon égard une attitude plus agressive : ils essayaient même de me faire tomber en sautant sur les branches à la base desquelles j'étais assis : en balançant leur corps, ils parvenaient à faire osciller lentement toute la cime de l'arbre. Mais, malgré leurs efforts, je ne perdis pas l'équilibre.

Je fis une tentative pour établir le contact : je

commençai à leur parler d'une voix apaisante et leur jetai une première friandise.

Pris de panique, ils s'égaillèrent et, une fois à bonne distance, me regardèrent avec des airs affolés. La boulette brun clair tomba par terre. J'en lançai une seconde, qui prit le même chemin que la première. Ils la suivirent du regard jusqu'à ce qu'elle touche le sol. J'en lançai quelques autres et remarquai que les petits singes avaient du mal à résister à la curiosité : quelques-uns descendirent rapidement au pied de l'arbre. À travers le feuillage épais, je les vis s'approcher des boulettes avec maintes précautions, comme s'ils redoutaient un danger. Ils échangeaient parfois de brefs coups d'œil et regardaient leurs congénères plus gros qui les mettaient en garde bruyamment. Mais leur curiosité était plus forte que tout. L'un d'eux s'empara d'une boulette, la tourna et la retourna dans tous les sens, la renifla et, sans plus se poser de questions, la fourra dans sa bouche. Les petites dents s'enfoncèrent dans la friandise et l'animal me donna l'impression d'être extrêmement surpris du plaisir gustatif qu'il éprouvait. Il se mit aussitôt à chercher les autres boulettes et parvint à en avaler une seconde avant que ses camarades se précipitent à leur tour. Les boulettes disparurent en quelques instants dans la bouche des petits singes.

À présent, les plus âgés paraissaient un peu contrariés : nous aurions dû nous montrer plus courageux et aller nous servir, semblaient-ils penser.

Je commençai à jeter de nouvelles boulettes depuis ma branche. Les petits singes montèrent précipitamment dans l'arbre et les saisirent au vol avec leurs doigts agiles. Les grands ne se joignirent pas tout de suite au jeu : seules les boulettes qui échappaient aux petits et arrivaient jusqu'au sol finissaient dans leur bouche, car ils restaient à attendre au pied de l'arbre.

À un moment donné, j'interrompis la distribution pour voir comment la pause serait accueillie. Les petits singes se rapprochèrent et attendirent à quelques mètres de moi que je continue. Leur avidité commençait à m'amuser et même à me faire un peu pitié. Je me remis à distribuer mes friandises, que je jetai de plus en plus près. Naturellement, pour continuer à les attraper, les petits goinfres durent se rapprocher, et ils furent bientôt à un mètre de moi.

Je fis une nouvelle pause. Les singes penchèrent la tête en attendant la suite. Je leur montrai mon sac ouvert et il me sembla qu'ils comprenaient parfaitement ce que je voulais leur dire : c'était là que se trouvaient les bonnes choses. Je repris la distribution, mais cette fois, au lieu de lancer les boulettes, je les disposai sur la branche en une rangée d'un mètre et demi qui partait de l'ouverture du sac. Je me disais : tenez, Hänsel et Gretel, voilà le chemin de pain d'épice qui vous conduira droit dans ma musette ! Tenant le sac à bout de bras, je lançai une boulette en l'air pour indiquer que la dégustation pouvait reprendre.

Elle fut attrapée comme les autres, mais celles que j'avais alignées sur la branche n'inspirèrent pas une confiance immédiate. Les petits singes m'avaient aussitôt entouré ; les plus proches étaient assis à deux ou trois mètres.

J'attendais, et eux aussi. Visiblement vexés, ils m'observaient en jetant de temps à autre de petits coups d'œil aux friandises posées sur la branche.

— Mangez, mangez encore, leur disais-je. À cet

instant, l'idée me traversa que je devais ressembler à une femme de pasteur empressée servant le café à un évêque et encourageant son visiteur de marque à engloutir les dernières réserves du presbytère !

Mais les singes n'étaient pas aussi polis et réservés que les évêques. Après avoir attendu un certain temps, ils s'attaquèrent à la rangée de boulettes.

La tension était à son comble, le dénouement approchait.

L'un des plus gloutons sauta sur la branche et commença à manger goulûment en se rapprochant peu à peu. J'attendais en silence, le sac ostensiblement ouvert pour lui montrer le reste des boulettes.

Le singe eut bientôt englouti toutes celles qui se trouvaient sur la branche, mais sa gourmandise était telle qu'il accomplit un acte plus téméraire encore que tout ce qu'il avait fait jusqu'alors : il entra dans le sac pour chiper quelques friandises.

Je n'étais pas bête au point d'essayer de le capturer dès sa première visite. Il était d'ailleurs entré et sorti si vite que je n'en aurais sans doute pas eu le temps. Après s'être emparé d'un butin appréciable, il s'éloigna de quelques mètres pour le dévorer. Il me regarda dans les yeux et me parut un peu déçu de constater qu'il ne s'était rien passé. J'eus l'impression qu'il commençait à se dire que, contrairement à ce que prétendaient ses aînés, cette drôle de créature n'était pas dangereuse. Je vis qu'il réfléchissait : il devait se demander ce que je pouvais bien être venu faire dans cet arbre. Malheureusement pour lui, il ne comprit pas le danger — comment aurait-il pu deviner que Maj-Len voulait un animal domestique ?

Il décida d'aller chercher de nouvelles boulettes, puisqu'on les lui offrait si généreusement. Il se faufila hardiment dans le sac et entreprit de se remplir la bouche et les mains. Seule sa longue queue raide dépassait pendant qu'il faisait un sort à mes provisions.

Je fermai le sac d'un mouvement rapide de la main.

La réaction fut vigoureuse et me rappela un événement survenu dans mon enfance au cimetière de Hietaniemi, à Helsinki. C'était dans les années cinquante, au cours d'un voyage scolaire dans la capitale. Je distribuais des amandes dans des sacs en papier aux écureuils du cimetière. Ils étaient curieux, eux aussi, et presque apprivoisés, de sorte que je pouvais les attraper dans un sac, exactement comme je venais de le faire avec ce petit singe. Une fois pris, ils se débattaient si furieusement qu'ils faisaient en général éclater le sac et se sauvaient, le cœur battant à tout rompre. Mon sac en toile de gilet de sauvetage était un piège tout aussi cruel, mais il ne se déchira pas, bien que le petit singe fît tout son possible pour en sortir : il poussait des cris désespérés et se débattait tellement qu'il faillit me faire tomber de l'arbre.

Affolé, il me mordit le doigt jusqu'au sang à travers le tissu. Je parvins tout de même à fermer le sac avec une corde de liber. Après quoi je l'attachai autour de ma taille. Mon prisonnier se démenait comme un beau diable et le sac battait tantôt contre mon derrière tantôt contre mon mollet. Je commençai à redescendre lentement vers la terre ferme, pendant qu'il continuait d'appeler à l'aide.

Je crus que mon expédition s'achevait sur une victoire et que le plus difficile était passé.

Je me trompais lourdement.

La mère du petit singe, une femelle assez imposante, m'attaqua alors que je venais de quitter une fourche solide et descendais en m'appuyant sur de petites branches. La bouche ouverte, elle courut droit sur moi en poussant un cri rageur. J'eus sans doute plus peur encore que ma victime à l'instant où je l'avais prise au piège. Je me laissai tomber rapidement sur des branches plus solides et poussai un terrible rugissement en direction de mon assaillante, qui battit aussitôt en retraite. C'est probablement à cela que je dus de conserver la vie. J'ai lu quelque part qu'un singe adulte en colère peut vous liquider un homme en moins de deux, surtout si celui-ci se trouve sur un arbre et n'est pas en mesure de se défendre.

Je cassai une branche morte et m'en servis pour repousser ses nouvelles attaques, en m'agrippant au tronc de l'autre main, pour ne pas tomber par terre et mourir bêtement dans la jungle. Mon adversaire mordit le bâton et fit voler des éclats de bois de tous côtés. La puissance de ses mâchoires me donna des sueurs froides.

Elle était d'une agilité stupéfiante : j'avais beau essayer de me défendre, elle réussissait toujours à me mordre quelque part, au derrière, à l'épaule, à l'oreille... Je saignais. Je chassais le singe avec mon bâton en criant de toutes mes forces, comme un voyou galeux, et descendais aussi rapidement que je pouvais.

Elle me poursuivit jusqu'au bas de l'arbre. Dès l'instant où j'atterris sur le sol — je me laissai tomber sur les deux derniers mètres —, elle abandonna le combat. Sur la terre ferme, j'étais plus fort qu'elle, et elle le savait.

J'inspectai les dégâts. J'étais couvert de sang, mais je n'avais apparemment rien de cassé. Les morsures, bien que relativement superficielles, étaient très douloureuses. Mes vêtements étaient déchirés, ma tête bourdonnait et mon cœur battait comme celui d'une vieille brebis dans une barque.

Je détachai le sac de ma ceinture, le chargeai sur mon épaule et partis en courant. Le sang qui coulait de mon oreille s'insinuait dans mes yeux et je devais de temps en temps m'essuyer le visage pour voir où je mettais les pieds. Les cris furieux des singes s'affaiblissaient peu à peu derrière moi. À l'intérieur du sac, mon prisonnier paraissait un peu plus calme.

J'atteignis enfin le camp, où mon corps ensanglanté provoqua l'effarement général.

Vanninen et la sage-femme brune commencèrent à me soigner, puis Maj-Len vint les aider à panser mes blessures. Alors seulement, on me demanda quel était l'animal que je ramenais dans ce sac taché de sang. Je répondis d'une voix lasse :

— C'est notre petit chéri.

La capture d'un singe n'est pas une mince affaire.

29

Les événements que je vais à présent relater se produisirent alors que Mme Sigurd était au troisième mois de sa grossesse.

Jhan, qui ne buvait presque jamais d'alcool, était assis tout seul au café de la jungle, la mine sombre, tel David en son palais.

Sa bien-aimée n'avait pu dissimuler plus longtemps son état, et il avait dû se livrer à des calculs pour déterminer la date de la conception.

Celle-ci paraissait remonter précisément à la nuit que Mme Sigurd avait passée avec Taylor sur le radeau, au clair de lune.

Jhan buvait abondamment. Birgitta, qui faisait le service ce soir-là, lui décomptait de plus en plus d'heures de travail, qu'elle gravait avec un couteau sur le bambou qui tenait lieu de caisse enregistreuse. Encoche après encoche, tasse après tasse.

Plus il buvait, plus son humeur s'assombrissait. Il se trouvait toujours au café lorsque la position du soleil indiqua qu'il était l'heure de fermer. Birgitta essaya d'arrêter le service, mais il demandait obstinément à boire et il avait un air si furieux qu'elle ne pouvait rien faire d'autre que de lui verser encore de l'alcool de coco.

Peu avant le coucher du soleil, il parut avoir pris une décision. Il se laissa tomber de son banc et partit en titubant. La plupart des gens étaient couchés, seuls quelques promeneurs attardés marchaient lentement sur la plage. On ne prêta guère attention à lui lorsqu'il s'enfonça dans la jungle d'un pas mal assuré.

Je vins aider Birgitta à laver les tasses. Nous parlâmes de Jhan, dont le silence soudain inquiétait la Suédoise. Après avoir mis la vaisselle à sécher sur la grille et essuyé le comptoir, nous prîmes le chemin de nos cabanes.

Soudain, Jhan surgit de la pénombre de la jungle. Il se tenait devant nous sans rien dire, les yeux écarquillés, le fusil dans les mains. Il avait installé le chargeur sur son arme et je vis que les pièces mobiles étaient en position relevée.

Il ne semblait pas s'intéresser à nous. Il agita le canon de son fusil pour nous faire signe de nous écarter et se dirigea à pas lents vers la cabane de Taylor.

Je savais que celui-ci était allé se coucher assez tôt et pensai qu'il était certainement en train de dormir. Craignant qu'il ne lui arrive malheur, je ne pus m'empêcher de lancer à Jhan une mise en garde. Celui-ci me répondit par un grognement furieux et poursuivit son chemin.

Dormant à moitié, Taylor sortit en tâtonnant sur le balcon de sa cabane et vit Jhan arrêté dans le petit espace qui tenait lieu de cour. Il lui demanda ce qu'il voulait, mais l'autre ne répondit pas.

La situation paraissait terriblement tendue.

Birgitta me dit que tout était de sa faute, qu'elle aurait dû refuser de servir de l'alcool à Jhan.

D'une voix menaçante, celui-ci ordonna à Taylor de se déshabiller et de descendre. Taylor commença par refuser, mais comme le fusil était pointé sur lui, il ne put faire autrement que de s'exécuter. Il avait compris que son visiteur était complètement ivre.

Il disparut dans sa cabane et revint un moment plus tard sur le balcon, entièrement nu. Jhan lui fit signe de descendre par l'échelle et il obéit sans discuter.

Il voulut connaître la raison de ce comportement hostile, mais n'obtint pas de réponse. Lorsque nous essayâmes, Birgitta et moi, de nous interposer, Jhan nous dit de rester à distance, sans quoi il tuerait Taylor immédiatement.

Il ajouta qu'il ne le tuerait pas s'il se montrait obéissant, puis il lui ordonna d'avancer.

La nuit achevait de tomber. Tous nos compagnons dormaient. Jhan fit marcher Taylor jusqu'à sa cabane, en passant par le centre du camp. Il paraissait avoir une idée en tête.

Il dit à son prisonnier de monter à l'échelle et d'entrer. Lorsque celui-ci demanda pourquoi, il lui fut répondu qu'il le savait parfaitement et qu'il était inutile de poser des questions.

Cet échange de propos peu amènes avait réveillé Mme Sigurd, qui sortit sur le balcon, vêtue d'un genre de chemise de nuit, et demanda d'une voix forte ce que tout cela signifiait.

Les hommes debout au pied de l'échelle ne répondirent pas. Mme Sigurd vit l'arme dans les mains de Jhan et lui demanda ce qu'il comptait faire avec ça.

— Le pilote vient habiter ici, répondit-il d'un ton résolu.

— Il n'en est pas question ! Range immédiatement ce fusil ! cria-t-elle.

Jhan ne se laissa pas influencer par ces exhortations, il enfonça le canon de son fusil dans le dos de Taylor en lui montrant l'escalier.

— C'est toi qui vas monter, et tout de suite, ordonna Mme Sigurd, mais l'Indonésien ne bougea pas. Il fit cliqueter les parties mobiles de son arme et nous vîmes, Birgitta et moi, que Taylor avait réellement peur d'être abattu. Il déclara avec un calme forcé :

— Peut-être est-il préférable que je monte.

— Pas question, dit Mme Sigurd, qui paraissait sur le point de se mettre à pleurer.

— Laisse-moi monter, implora Taylor.

Nous nous rapprochâmes et Birgitta dit à sa compatriote :

— Laisse-le monter ! Tu ne comprends donc pas ce qui risque d'arriver !

Taylor jeta un coup d'œil à Jhan et répéta très vite :

— Laisse-moi monter, je t'en prie !

Il commença à gravir l'échelle qui conduisait au balcon. Mme Sigurd le regarda d'un air effrayé sans savoir quoi faire. Lorsqu'il prit pied sur le balcon, Jhan lui dit :

— Tu vas t'installer ici. Moi, je ne veux plus habiter dans cette cabane.

Taylor entraîna Mme Sigurd à l'intérieur. Ils fermèrent la porte. Nous les entendîmes chuchoter, mais sans parvenir à distinguer ce qu'ils se disaient.

Jhan se posta au pied de l'échelle pour monter la garde. Il faisait presque nuit noire. La lune n'était pas levée. Il nous lança d'un ton impérieux :

— Allez-vous-en !

Nous nous éloignâmes et épiâmes longtemps la scène, dans l'attente de nouveaux événements. Birgitta estimait qu'il finirait peut-être par se lasser de surveiller la porte de sa cabane et irait se coucher. Nous voyions son profil se détacher sur le ciel étoilé. Sa tête oscillait légèrement, mais restait bien haut levée.

Jhan garda sa cabane toute la nuit. Nous veillâmes avec lui et je crois que Mme Sigurd et Taylor restèrent eux aussi éveillés, bien qu'ils ne fissent aucun bruit.

Même après les nuits les plus noires, le jour finit par se lever.

Lorsque le soleil apparut et que le camp commença à se réveiller, Jhan était toujours à son poste. Un attroupement se forma sur le lieu du drame, et tous les curieux de s'étonner et de s'offusquer de la situation. La sage-femme brune leur ordonna de s'occuper de leurs affaires et alla parlementer avec Jhan. Birgitta partit se coucher, mais je ne pus me résoudre à l'imiter, bien que je fusse terriblement fatigué.

Les négociations démarrèrent péniblement. Jhan concéda certes qu'il avait enfreint les lois du camp en cherchant à régler une querelle de jalousie au moyen d'une arme, et en état d'ivresse de surcroît, mais il se considérait comme l'offensé et préférait mourir plutôt que de continuer à habiter avec Mme Sigurd. Soit Taylor acceptait de s'installer dans sa maison, soit il le tuait.

La sage-femme brune lui expliqua qu'en Europe on se souciait assez peu de savoir qui était le père de qui et s'étonna qu'il réagisse si mal à la grossesse de Mme Sigurd, au point de réclamer une compensation de façon si peu civilisée. Jhan, qui était très fatigué et avait visiblement mal aux cheveux, expliqua que dans son pays, en pareille circonstance, on se comportait exactement comme il l'avait fait et qu'il n'y avait pas d'autre solution.

Il resta debout sous le soleil brûlant. Il paraissait épuisé et triste, mais il n'avait pas l'intention de bouger et tenait toujours sa tête bien droite.

Dans la cabane surchauffée, Taylor passait sans doute aussi des moments difficiles. Il ne pouvait ni sortir ni rester à l'intérieur.

Ce jour-là, personne n'alla travailler. On essaya de convaincre Jhan de rendre son arme, mais en vain. On lui apporta de la nourriture, à laquelle il ne toucha pas. Vers le milieu de la journée, il était si fatigué qu'il en tremblait.

Il prit enfin une décision : il quitta son poste en silence et se dirigea vers la jungle. Nous eûmes l'impression qu'il était sur le point de s'écrouler et risquait de commettre l'irréparable.

Ala-Korhonen le suivit et lorsque l'Indonésien pointa sur lui son fusil d'un air menaçant, il lui dit :

— Ne fais pas ça. Donne-moi ce machin, sinon c'est moi qui viens le prendre.

Les deux hommes s'enfoncèrent dans la végétation, Jhan marchant à reculons, Ala-Korhonen à sa suite, à une dizaine de mètres.

On entendit soudain une longue rafale et des balles vinrent se ficher dans des toits de cabanes.

Jhan sortit de la jungle en courant, suivi par Ala-Korhonen, dont le visage était couvert de sang. Aucun d'eux ne tenait le fusil. Ils traversèrent le camp et se précipitèrent dans la mer. Jhan nageait vite et plongea dès que l'eau fut suffisamment profonde. Le Finlandais nageait plus lentement, mais ne perdait pas beaucoup de terrain sur le fuyard ;

163

bientôt, il plongea lui aussi. Nous aperçûmes leurs deux corps dans une vague transparente. Jhan essayait probablement de se noyer, mais Ala-Korhonen se dirigeait droit sur lui.

Pendant ce temps, Lämsä était allé récupérer le fusil dans la jungle. Taylor et Mme Sigurd étaient sortis de la cabane et avaient couru sur la plage, où tout le camp observait les deux hommes qui nageaient sous l'eau.

Soudain, une femme poussa un cri perçant et montra du doigt les récifs.

Nous aperçûmes là-bas plusieurs ailerons noirs : des requins ! Lorsque nous regardâmes à nouveau les eaux intérieures, où Jhan et Ala-Korhonen venaient de s'engager dans un corps à corps sous-marin, nous vîmes que l'un d'eux saignait : la mer se teintait de rouge clair. Les requins avaient certainement senti le sang, car ils se rapprochaient.

On mit le radeau pneumatique à l'eau aussi vite qu'on le put. Je pris une rame, Vanninen la seconde, Lämsä resta debout au milieu, le fusil à la main, et Lakkonen se plaça à l'arrière. Nous souquâmes vers le lieu des opérations, dépassâmes les deux nageurs et vîmes aussitôt quatre gros requins qui fonçaient sur nous.

Lämsä tira une rafale sur le premier ; l'eau bouillonna lorsque les balles l'atteignirent. Les autres requins se jetèrent sur leur congénère blessé et cette curée sous-marine teinta la mer en rouge. Lämsä tira une nouvelle rafale dans la mêlée.

Du côté du rivage, Ala-Korhonen remonta à la surface en soutenant Jhan. Nous leur criâmes qu'il y avait des requins. En entendant cela, l'Indonésien, qui n'avait pas cessé de résister à son sauveteur, sortit brusquement son poignard de sa ceinture et se mit à nager vers le large. Ala-Korhonen essaya de le suivre, mais il se laissa distancer.

Pendant ce temps, Taylor s'était précipité à son tour dans la mer et nous constatâmes qu'il était réellement bon nageur ; il atteignit très vite le radeau pneumatique et parvint à la hauteur de Jhan. Il essaya de l'entraîner vers le rivage, mais l'autre se libéra à coups de pieds. Un requin venait d'arriver, et Lämsä n'osait pas tirer car Jhan et Taylor étaient trop près.

À une vitesse fulgurante, l'animal se rua sur Jhan. Il avait la bouche ouverte et ses dents terrifiantes étaient prêtes à déchiqueter sa proie. Taylor revint vers le radeau et demanda qu'on lui envoie un couteau. Mais nous n'en avions pas.

Ala-Korhonen avait regagné la côte et crachait l'eau qui lui était entrée dans les poumons. Sa tête saignait abondamment.

Pendant ce temps, avec son couteau, Jhan avait ouvert le ventre du requin de la gorge à la queue et s'était mis à nager très vite en direction de la plage. Un second requin approcha, mais Lämsä réussit à l'atteindre avant qu'il n'ait le temps d'attaquer Taylor. Celui-ci monta sur le radeau. Jhan avait maintenant rejoint le rivage et on l'aidait à prendre pied sur la terre ferme. La mer était rouge de sang. Nous retournâmes nous aussi sur la plage. Les requins, qui paraissaient de plus en plus nombreux, sautaient rageusement en s'entre-déchirant avec une frénésie extatique.

— Il n'y a plus de munitions, déclara Lämsä.

Mme Sigurd avait apporté de quoi faire des pansements. Vanninen, la sage-femme brune et elle commencèrent à examiner Ala-Korhonen.

Une balle lui avait ouvert la tempe et la blessure

saignait abondamment. Il respirait avec peine, mais ses jours ne paraissaient pas en danger. On lui banda la tête, puis on le conduisit dans sa cabane pour qu'il puisse se reposer.

Assis sur le sable, Jhan reprenait lui aussi ses esprits. Taylor le considérait d'un regard oblique, sans dire un mot. Mme Sigurd regarda son compagnon et alla près de lui, elle le prit par le bras et l'emmena vers leur cabane. Il la suivit docilement.

Il était si fatigué qu'en gravissant l'échelle pour monter sur le balcon, il glissa et tomba dans les bras de sa belle qui montait derrière lui. Ils dégringolèrent tous les deux dans la cour de la cabane.

Taylor se mit alors à applaudir. Tout le camp éclata de rire et les applaudissements fusèrent. Jhan gravit l'échelle et s'enferma dans son logis avec Mme Sigurd.

— Je crois que je vais aller me coucher, déclara Taylor d'une voix fatiguée.

Le camp se mit en congé pour le reste de la journée, et la sage-femme brune décida de ne prendre aucune sanction.

D'un point de vue juridique, en effet, l'affaire était trop difficile à élucider. À partir de ce jour, Jhan ne but plus une goutte d'alcool, et toute cette histoire fut bien vite oubliée.

30

J'ai beaucoup parlé de notre vie sur cette plage paisible du Pacifique, mais guère de la nature dont, au fil des mois, je me sentais de plus en plus proche, de même que tous mes camarades.

Je crois avoir décrit avec suffisamment de détails à quel point le climat tropical peut être déplaisant. Je voudrais préciser ici qu'il peut aussi être merveilleux : une fois qu'on s'y est accoutumé, il cesse de paraître hostile. Non parce que la nature a remporté une victoire, mais parce que l'homme a vaincu sa propre nature ; dans notre cas, une communauté de cinquante personnes avait vaincu sa nature collective.

Nous ne nous plaignions plus des désagréments ordinaires de la vie sous les tropiques, car nous nous y étions habitués. Un serpent dangereux n'était pour nous qu'une bagatelle : nous savions comment éviter sa colère ; les écrevisses venimeuses, dans le lit des rivières, ne nous faisaient plus peur : nous avions appris à marcher parmi elles sans poser le pied sur leurs nuques laborieuses ; nous avions fini par accepter les divers insectes volants propagateurs de maladies comme des sortes de compagnons d'infortune et par nous habituer à leurs piqûres sur nos membres ; quand nous allions nous baigner dans la mer, nous ne redoutions plus les requins, prédateurs marins pourtant particulièrement dangereux, car nous savions ce qu'ils avaient à faire ; cela revêtait pour eux une importance vitale, mais pas pour nous — ils avaient en général à notre égard une attitude craintive, parfois joueuse, mais rarement agressive ; en définitive, cette nature étonnante et généreuse, ces animaux et nous, nous étions tous dans le même bateau.

Le soir, fatigué par les travaux d'abattage, je m'asseyais à côté de Maj-Len, sur le balcon de notre petite cabane, et je regardais la mer : les vagues incessantes de l'océan venaient se briser les unes après les autres sur notre plage de sable ; le coucher de soleil et la pénombre qui envahissait peu à peu le paysage nous offraient un spectacle qu'il est difficile de dépeindre avec une machine à écrire. Les vagues couleur de basalte, tantôt gris foncé, tantôt plus claires, l'horizon presque bleu derrière elles, et les extrémités du visible, les marges de l'horizon : quand on les fixait longuement du regard, elles paraissaient plus brillantes que les régions centrales... et à tout moment, en l'espace de quelques minutes, ce paysage en perpétuelle évolution pouvait changer de couleur et devenir autre, tout en restant identique à lui-même, pendant que le soleil abandonnait cette région de la terre afin de poursuivre sa descente au-dessus des Indes, puis, quelques heures plus tard, sur la côte orientale de l'Afrique.

Ces soirs-là, Maj-Len ne parlait guère, et moi non plus. Nous ne buvions que rarement de l'alcool de coco.

Il en était ainsi presque chaque jour. Je remarquai que, pendant ces moments silencieux du crépuscule, notre singe cessait de jouer et venait nous rejoindre sur le balcon. Il faisait quelques molles acrobaties sur le garde-corps, puis s'asseyait en silence sur mon épaule ou dans mes bras et se mettait lui aussi à regarder la mer, exactement comme nous. De temps à autre, le petit être jetait un bref coup d'œil sur mon visage, qui devait lui paraître intéressant dans le soir qui s'assombrissait, puis il se remettait à « faire l'homme », à moins que ce ne fût nous qui, en ces soirs de silence, nous comportions selon son instinct à lui : nous appartenons à la même terre, me disais-je, et il me semblait parfois que le petit singe approuvait d'un hochement de tête.

Lecteur, tu peux me croire, j'étais alors le plus heureux des hommes. Maintenant que tout cela fait partie du passé, d'une vie ancienne, je suis loin d'être aussi satisfait, et je ne crois pas que je pourrai jamais retrouver une existence aussi paisible.

En songeant après si longtemps à cette mer hostile et à ce gentil singe que j'avais si cruellement arraché à sa mère, j'éprouve une nostalgie infinie.

Mais je ne veux pas ennuyer le lecteur avide d'aventures en prolongeant à l'excès cette évocation de la nature. Je me sens d'ailleurs incapable de transmettre une image suffisamment fidèle de tout ce dont je viens de parler. Je voudrais pourtant ajouter que ces expériences opéraient en moi une transformation.

Instinctivement, au mépris de tout raisonnement, je commençais à envisager la possibilité de rester jusqu'à la fin de mes jours sur ce rivage maudit et pourtant si merveilleux.

Lorsque Maj-Len, en de pareils instants, me serrait la main en avalant sa salive, je savais que son esprit était habité par les mêmes pensées et les mêmes sentiments, et que peut-être ce petit singe se disait lui aussi que nous étions arrivés par hasard sur une terre que nous ne voulions plus quitter.

31

Les vents de sud-est du Pacifique soufflaient déjà depuis des semaines ; la grossesse de Mme Sigurd se déroulait à merveille ; le camp avait construit pour tous ses membres de solides cabanes sur pilotis, et le défrichage avait bien avancé : nous avions terminé le premier S ainsi que le O, qui nous avait demandé beaucoup de travail. Il y avait sept mois que nous étions sur l'île.

Le petit singe que j'avais capturé était devenu plus docile : il me suivait partout, exécutait même de menues tâches ménagères. Il était à croquer !

Je me retrouvai un jour avec Reeves à la distillerie. Le camp avait construit un nouveau dispositif et la fabrication de l'alcool de coco avait été organisée de telle sorte que les consommateurs assumaient à tour de rôle la responsabilité de la cueillette des fruits et de la distillation.

La fabrication de l'alcool était un travail intéressant, qui exigeait de la minutie et dans lequel la réussite n'était jamais assurée. Mais si l'on agissait posément, les résultats étaient au rendez-vous, et le spectacle du liquide qui commençait à couler au bout du tuyau était source d'une joie profonde.

Nous avions le temps de bavarder et parlions souvent de politique. Ce jour-là, Reeves déclara :

— Je me demande combien d'entre nous comprennent que nous vivons ici en régime socialiste. Nous ne possédons rien que nous puissions nous disputer, puisque tout appartient à tous. Nos besoins fondamentaux sont satisfaits : nous nous procurons notre nourriture en commun, et celle-ci est répartie en fonction des besoins et non du travail fourni, nous habitons dans des petites maisons construites par la collectivité, les soins médicaux sont gratuits, nous n'avons pas de banque, pas d'argent, sauf si l'on considère comme de l'argent les heures de travail dépensées au café de la jungle, mais cet alcool n'est pas un bien de première nécessité. Nous vivons dans un socialisme plus authentique que les populations des pays socialistes européens.

J'approuvai. Après l'accident, Reeves avait réfléchi à beaucoup de choses et, de conservateur, il était devenu communiste.

— Chez moi, en Angleterre, je vivais comme un tory convaincu. Je me disais toujours que notre pays ne connaîtrait jamais la révolution prolétarienne, car même les ouvriers y sont conservateurs, on dirait des membres de la Chambre des lords en bleu de travail... Nous, les Anglais, nous sommes un peuple politiquement arriéré.

— Est-ce que les peuples du continent sont plus progressistes ? Les Allemands ? Les Français ?

— Eux, au moins, ils ont essayé, mais en Angleterre nous n'avons jamais rien tenté. Je me suis toujours dit que je ne pouvais rien faire pour améliorer la situation des travailleurs, et toute l'Angleterre pense de même ; nous sommes complètement aveuglés par notre individualisme.

L'alcool gouttait assez rapidement au bout du tuyau. Reeves souffla sur les braises au-dessous du récipient et la vapeur siffla dans la soupape. Mon singe apprivoisé nous apporta une tasse de gnôle. Cela, il l'avait appris sans difficulté.

— Que se passerait-il si les membres du groupe comprenaient que notre organisation est socialiste ? demandai-je.

— Rien. La majeure partie d'entre nous était d'un autre bord en Europe, mais ici la condition du succès est la communauté. Nous ne pouvons pas appliquer un autre système, car nous irions droit à notre perte. Si quelqu'un se mettait à accumuler des biens personnels et faisait faire par d'autres les travaux qui lui incombent, le produit global serait réduit et les plus faibles ne pourraient pas se procurer la nourriture nécessaire à leur subsistance, ni construire des cabanes suffisamment solides. Dans les circonstances où nous sommes, nous ne pouvons pas nous permettre de faire ce genre d'expérience. Les sociétés industrielles développées supportent l'exploitation, mais ce n'est pas le cas de notre camp. Un signe que le socialisme s'est véritablement réalisé ici est que nous n'avons pas besoin de police. L'incident entre Jhan et Taylor a été jusqu'à présent le seul cas où l'on aurait eu besoin de forces de l'ordre. Une police secrète ne servirait absolument à rien.

— Supposons que nous restions sur cette île pendant plusieurs siècles. Il se formerait une tribu, puis un peuple... Est-ce que le capitalisme à l'européenne ne finirait pas par l'emporter ?

Il réfléchit un instant et répondit :

— Ce serait possible, parce que nous sommes venus d'Europe et que nous pourrions parler à nos enfants de la société européenne. Lorsque la production s'accroîtrait, une fois satisfaits les besoins fondamentaux, il resterait un excédent à répartir et à accumuler. Mais si nous étions un peuple autochtone, je ne crois pas que des antagonismes apparaîtraient. Presque tous les peuples dits primitifs vivent selon les principes de la répartition égalitaire et de la solidarité.

Il poursuivit :

— Si je rentre un jour en Angleterre, je parlerai de ce camp autour de moi. C'est une expérience extrêmement intéressante.

Je lui demandai s'il considérait que Robinson Crusoë était un socialiste.

— À sa manière, oui. Il partageait ses biens et son savoir-faire avec Vendredi. Mais il se comportait sans doute comme un patron et Vendredi n'était pas seulement son camarade, mais aussi son assistant. Robinson avait une conception un peu féodale des relations humaines. Mais il était arrivé seul sur son île. Vendredi l'avait rejoint plus tard. Ils formaient un foyer, alors que nous formons une tribu. Si Robinson débarquait un jour parmi nous, il ne pourrait certainement pas se la couler aussi douce. On ne lui accorderait pas aussi facilement la charge de chef de la tribu.

— La sage-femme brune le mettrait au travail !

— Certainement, et je crois même qu'il ne protesterait pas, car il était loin d'être sot.

32

Le défrichage du dernier S se révéla plus facile que celui des deux lettres précédentes : la saison des pluies était terminée et les insectes n'importunaient plus aussi impudemment les coupeurs de bois en sueur ; en outre, la chaleur paraissait plus agréable.

Il se pouvait également que le soleil, dont les rayons se frayaient un chemin jusqu'au chantier à travers les épais feuillages, rendît les travailleurs d'humeur légère. Quoi qu'il en soit, la réalisation de la dernière lettre progressa à bonne allure et nous demanda seulement un mois et trois jours.

Plus le travail avançait, plus Maj-Len paraissait triste. Je ne compris pas tout d'abord de quoi il retournait, mais lorsque nous abordâmes la deuxième courbe — c'était notre avant-dernière semaine de travail — je compris les raisons de son silence et de sa tristesse, qui me préoccupaient un peu.

En y repensant aujourd'hui, il me paraît très vraisemblable que Maj-Len avait parlé avec Taylor de la possibilité de rester sur l'île. Je n'avais pas osé évoquer mes propres projets — à supposer que j'en eusse —, mais Taylor, malgré notre pacte, avait dû confier à certains ses idées sur l'opportunité de notre travail de défrichage.

La situation se radicalisa le jour où nous achevâmes les travaux.

Lorsque le dernier grand S fut terminé, en avance sur les délais prévus, nous organisâmes, fidèles à nos habitudes, une fête à laquelle devait participer l'ensemble du camp, pour célébrer la réussite de plusieurs mois de travail.

Deux semaines auparavant, les femmes, qui étaient alors chargées de la fabrication de l'alcool, avaient préparé d'importantes quantités d'eau-de-vie. On avait passé des soirées entières à tailler de nouvelles tasses, et le soir, sur les balcons, tout le monde parlait de la fête qui s'annonçait, un peu comme les employées des grandes entreprises finlandaises parlent des réceptions de Noël où la direction offre des rafraîchissements et quelques tranches de jambon.

Mais tout le monde n'était pas d'humeur à festoyer.

Le matin du grand jour, alors que notre singe était en train de nous réveiller, j'entendis frapper au pied de notre balcon. J'avais reconnu Taylor à sa façon de marcher en soulevant un peu les pieds pour éviter qu'ils ne traînent dans le sable, ce qui produisait un bruit caractéristique.

Il frappa plusieurs fois et dit :

— Maj-Len, pourrais-tu réveiller ton compagnon ?

Maj-Len prit le singe dans ses bras, couvrit son torse d'un vêtement ample confectionné avec de la toile de gilet de sauvetage et sortit sur le balcon, où elle remit l'échelle en place. J'entendis des chuchotements et, un moment plus tard, la silhouette de Taylor se découpa dans l'encadrement de la porte.

— Je voudrais parler un peu avec toi, dit-il en entrant dans la cabane. On pourrait aller nager du côté des récifs, là-bas on sera tranquilles.

J'avais l'habitude de débuter la journée en allant me baigner et je prenais souvent le radeau pneumatique pour me rendre jusqu'aux récifs, distants de cinq cents mètres, où les rouleaux du Pacifique se brisaient contre les coraux. Comme Taylor l'avait proposé, nous partîmes tous les deux avec le bateau. Lorsque nous arrivâmes au niveau des récifs, je sautai à l'eau. Pendant que je nageais, il vérifiait qu'il n'y avait pas de requins, et lorsque j'eus nagé suffisamment, je le laissai faire trempette à son tour dans l'eau claire.

Il remonta enfin sur le radeau. Assis au soleil, nous regardâmes les vagues. Nous nous laissâmes dériver et fûmes bientôt suffisamment loin des récifs pour pouvoir nous parler sans avoir à crier.

— Les lettres sont terminées, me dit-il.

Je hochai la tête et attendis la suite.

— Pour ma part, je ne voudrais quitter cet endroit pour rien au monde. Et il me semble que toi non plus, tu n'es plus aussi désireux de partir.

Je réfléchis. Je pensai à cette matinée. Pourrais-je jamais, en Europe, connaître des réveils semblables, faire ma toilette comme je l'avais fait, jouir d'une liberté comparable à celle qui régnait ici ? Impossible !

Je dis à Taylor que c'était exact : je n'avais pas très envie de retourner à Helsinki. Je lui expliquai encore que, bien qu'Helsinki fût une petite ville, elle était polluée par la circulation, et qu'en hiver surtout, c'était un endroit particulièrement déplaisant, car la neige qui tombait en abondance se transformait aussitôt en une gadoue répugnante. J'ajoutai que les habitants d'Helsinki n'avaient pas l'habitude de marcher avec des bottes en caoutchouc mais avec des chaussures en cuir, les pieds mouillés et le nez suintant, et ce pendant tout l'hiver.

Taylor m'annonça qu'il avait l'intention de soulever la question au cours de la fête et me demanda si je voulais bien faire un petit discours en faveur de la solution consistant à rester sur l'île.

Il reconnut avoir abordé le sujet confidentiellement avec quelques membres du groupe ; plusieurs d'entre eux étaient arrivés à la conclusion que c'était vraiment une drôle d'idée de vouloir quitter ce plaisant rivage. De nombreux autres, notamment ceux qui avaient des familles, estimaient cependant qu'il fallait partir par n'importe quel moyen.

Nous laissâmes les vagues nous ramener à la plage dans un balancement. Les filles qui barbotaient toutes nues près du rivage nous éclaboussèrent et tirèrent ensuite le radeau sur le sable.

Les occupations matinales furent bientôt terminées et tout le monde commença à préparer la fête. La sage-femme brune, aidée de la jolie Gunvor, installa au café de la jungle une table supplémentaire fabriquée avec une grande planche. Les tasses en noix de coco furent disposées en longues rangées. Cinq ou six femmes s'affairaient autour d'un feu allumé en lisière de la jungle. On y faisait griller du sanglier à la gauloise : la bête était farcie avec des fruits et embrochée sur un long bâton, à l'aide duquel on la faisait tourner au-dessus des flammes.

Très tôt le matin, les bûcherons de Kuusamo et l'ingénieur des eaux et forêts avaient allumé sur la plage un grand feu, qui brûla entièrement au cours de la matinée. Ils enfouirent ensuite dans la cendre brasillante de gros poissons de mer, qu'ils avaient farcis avec différentes plantes cueillies dans la jungle, ainsi qu'avec des oignons et divers agrumes.

Notre réfrigérateur était occupé tout entier par une cuve de boisson aux fruits, qui était déjà bien fraîche, car le soleil était haut dans le ciel et chauffait le toit du frigo si fort que l'eau s'évaporait à vue d'œil.

Lakkonen, Lämsä et Reeves rapportèrent de la jungle plusieurs bidons de bois pleins d'alcool de coco. Ils avaient surveillé pendant la nuit la distillation et semblaient avoir un peu goûté à leur production. Mais personne ne jugea utile de s'en formaliser. Après tout, c'était jour de fête.

Peu après midi, la sage-femme brune nous réunit et les festivités commencèrent.

Posant sa main sur mon bras, Taylor me dit qu'il n'était pas nécessaire de gâcher la fête dès le commencement et qu'il valait mieux se taire pour le moment.

Les sangliers étaient excellents : ils dégoulinaient de graisse, et le sel de mer et les fruits dont ils étaient farcis leur avaient donné un goût incomparable.

Mais nous mangeâmes d'abord les poissons cuits sous la cendre : maquereaux, truites de mer et toutes sortes de poissons merveilleux de diverses couleurs. Nous dégustâmes également des écrevisses pêchées à l'embouchure de la rivière, avec du coulis de tortue en guise de sauce. Le jus de fruits nous rafraîchit la gorge, puis, avec la viande, nous passâmes à l'alcool de coco. Une conversation animée s'engagea à chaque table. Les deux singes du camp gambadaient joyeusement parmi nous, à la façon des petits loulous aux babines retroussées qui se réjouissent du bonheur de leur maître.

On chanta ensuite des chansons suédoises, anglaises, norvégiennes et finlandaises, et aussi *L'Internationale* en plusieurs langues.

Dans l'après-midi, Taylor se leva, sa tasse à la main, et prononça un discours. Il remercia tous les membres du camp, ainsi que nos singes, et se mit à faire l'éloge de la mer, de la plage de sable et de la jungle ; il parla de façon admirable de notre vie sur cette île. Les gens l'écoutaient en silence, en hochant la tête devant tant d'éloquence. Enfin, il en vint au fait : il déclara qu'aucun être doué de raison ne pourrait renoncer à cette splendeur pour retourner dans l'Europe polluée payer des impôts, lutter pour son espace vital, acheter des objets inutiles et se disputer avec les patrons pour des salaires de misère.

Le discours se termina sur un appel à rester sur l'île, à ne pas allumer pour l'instant les lettres que nous avions défrichées, à les garder en quelque sorte en réserve. Si l'on venait nous secourir, nous ne pourrions plus choisir de rester, on nous ramènerait de force dans nos pays respectifs, nous devrions à nouveau nous consacrer à un travail inutile, nous nous esquinterions les poumons avec les cigarettes, nous ne pourrions plus jamais marcher nus sur le sable chaud sans que personne ne s'en offusque, nous ne pourrions pas non plus organiser des chasses au sanglier, ni pêcher, ni avoir des relations humaines authentiques...

Ce discours provoqua un vif étonnement. Certains se levèrent pour formuler des objections, d'autres applaudirent l'orateur lorsqu'il se fut assis.

La sage-femme brune était la plus troublée. Elle qui exerçait la direction suprême du camp ne savait plus ce qu'elle devait faire. Mme Sigurd se leva et déclara qu'après avoir travaillé pendant des mois dans la jungle surchauffée, on ne pouvait plus renoncer au projet, mais que, d'un autre côté, elle serait tout aussi d'accord pour rester sur l'île (en disant cela, elle jeta un regard à son ami indonésien, qui tapotait doucement son tambour sans prêter beaucoup d'attention à toute cette agitation).

Keast demanda la parole. Fixant Taylor d'un œil noir, il déclara que cette idée ne lui paraissait absolument pas raisonnable et qu'en ce qui le concernait il essaierait de quitter ce maudit rivage dès que l'occasion se présenterait. Il demanda que l'on utilise le résultat de nos grands travaux d'abattage. Il ajouta que les idées de Taylor étaient tout à fait malsaines, puis il se rassit sur son tabouret en soufflant d'un air méprisant.

Je fis moi aussi un discours. J'expliquai comment j'avais été conduit à modifier mon opinion, résumai notre situation actuelle en mentionnant principalement ses aspects positifs et conclus en disant que je soutenais sans réserve la proposition de Taylor.

La sage-femme brune finit par reprendre le contrôle de la situation. Après mon intervention, elle déclara que, puisque les opinions divergeaient sur l'opportunité de quitter l'île, il convenait de procéder à un vote. Après quelques ronchonnements, sa proposition fut approuvée. Mme Sigurd insista pour que, compte tenu de la gravité de la question, le vote soit secret, et ainsi fut-il décidé.

Mais nous n'avions ni papier ni crayons, de sorte que nous ne pouvions pas voter avec des bulletins comme en Europe. Nous imaginâmes néanmoins une méthode tout aussi valable : nous allâmes chercher dans la jungle un nombre de feuilles correspondant à nos effectifs. Nous convînmes que ceux qui voulaient quitter ce rivage pour retourner dans le monde civilisé plieraient leur feuille en deux et que ceux qui étaient partisans de rester, au moins provisoirement, laisseraient la leur intacte. Pour assurer le secret du vote, on décida que les bulletins seraient portés un à un dans un récipient en noix de coco placé à cinquante mètres ; en marchant, chacun pourrait plier sa feuille ou la laisser telle quelle sans être vu de personne.

Le vote dura vingt bonnes minutes. Lorsque tous les membres du groupe eurent fait le trajet jusqu'au bol et que mon petit singe eut lui aussi porté là-bas une feuille qu'il avait chipée quelque part, nous procédâmes au dépouillement.

Les voix s'étaient partagées de façon assez équilibrée : vingt et une feuilles étaient intactes, les autres avaient été pliées, l'une d'elles était même réduite en charpie. Nous comptâmes vingt-huit feuilles pliées et nous demandâmes lequel d'entre nous avait bien pu en déposer deux dans l'urne. Nous comprîmes finalement que la feuille en trop était celle de mon petit singe, qui avait manifesté son désir de partir.

Je ne crois pas cependant qu'il ait voté en toute connaissance de cause : quel plaisir aurait-il pu trouver dans le mode de vie européen ?

Le résultat du vote était sans ambiguïté : nous quitterions notre île.

Mais il ne servait à rien de se lamenter ! Les partisans de Taylor firent passer la pilule avec de l'alcool de coco et, malgré leur déception, parvinrent à apprécier la fête. Celle-ci se prolongea jusque tard dans la nuit. Nous dansâmes, chantâmes, bûmes et mangeâmes au-delà du raisonnable. Jhan joua du tambour, les singes se tortillèrent comme des fous au milieu de nous et il me semble même que quelqu'un — je ne sais plus qui, peut-être moi —, emporté par son ivresse, alla jusqu'à embrasser Mme Sigurd sur la bouche !

Le lendemain matin, la sage-femme brune déclara que ce n'était pas la peine de se remettre tout de suite au travail : nous nous contenterions de nettoyer un peu le camp, puis nous aurions congé pour le reste de la journée.

Il y avait exactement huit mois et demi que nous vivions sur ce coin de terre.

33

Lorsque le grand S.O.S. de cinq cents mètres de haut fut défriché et que nous eûmes décidé de l'utiliser, conformément au résultat du vote, nous commençâmes à mettre en œuvre la deuxième partie du projet, nettement plus facile que l'abattage.

Nous entreprîmes de dresser dans les lettres des tas de bois espacés de dix mètres. Aux endroits où le rocher affleurait et là où de gros troncs jonchaient le sol, la tâche était relativement aisée : nous ramassions de grandes brassées de bois sec et formions des tas prêts à être allumés. Mais là où le sol était couvert d'eau stagnante, nous devions construire des supports, afin que les feux puissent brûler correctement.

En l'espace de trois semaines, nous dressâmes en tout 314 tas.

Personne ne chercha à ralentir le travail, malgré notre désaccord sur la nécessité de la tâche. Nous manifestâmes bien sûr notre mauvaise humeur, mais surtout sur le mode du jeu. Nous voulions nous conformer aux décisions du camp, quoi que nous en pensions.

J'avais en outre commencé à douter des chances

de réussite du projet que nous avions élaboré avec Keast : peut-être les satellites ne remarqueraient-ils pas notre inscription historique ? Keast, lui, se démenait avec enthousiasme, souvent jusque tard le soir, pour que les tas restent bien droits. Quand le temps se couvrait, il regardait le ciel d'un air de défi, priant peut-être pour que le bois ne se mouille pas.

Il n'y avait cependant guère de raison de s'inquiéter, car les bûcherons finlandais, en forestiers expérimentés, avaient pensé à mettre une quantité importante de résine dans chaque tas.

La dernière étape de l'opération consistait à allumer les feux. Nous préparâmes pour cela quarante torches de résine et calculâmes que si chacune d'elles était remise à une personne différente, chaque porteur de torche devrait allumer en moyenne huit feux. Nous prévîmes en outre quelques porteurs de secours, pour parer à l'extinction éventuelle d'une torche ou à tout autre incident. Selon nos calculs, la chaîne de feux de trois kilomètres serait intégralement allumée en un peu plus d'une heure, même si certains faisaient des bêtises. Lorsque les tas de bois, les torches et les porteurs furent prêts, il y avait exactement neuf mois et sept jours que nous étions sur l'île. Il fut décidé que nous passerions à l'action sans attendre.

Le soir venu, nous allumâmes au milieu de chaque lettre deux feux de base qui devaient servir à l'allumage des torches. Nous regardâmes nos montres : il était vingt heures zéro cinq. La sage-femme brune et Keast, qui avaient pour tâche de superviser l'opération, nous donnèrent l'ordre de nous aligner sur la plage et examinèrent le matériel. Au total : quarante torches principales et huit torches de secours. Cela devait suffire. Nous avions

185

décidé que la totalité des lettres devait être en flammes à vingt et une heures précises. Nous estimions que l'effet produit serait maximum si l'inscription s'allumait très rapidement.

Nous gagnâmes nos positions. Keast surveillait les opérations sur le côté gauche du O, la sage-femme brune dans le premier S et Lakkonen dans le dernier.

— Je suis sûr que c'est la plus grande enseigne publicitaire du monde, dit Lämsä, affecté comme moi dans le O.

Les torches scintillaient dans l'obscurité et la rumeur des conversations se mêlait au bruissement de la jungle. Par-dessus tout cela retentit soudain la voix de Keast, qui ordonna en finnois avec un fort accent anglais :

— Il est houit heures vingt : allioumez les feux !

La chaîne se passa le message et nous commençâmes. Les torches flamboyaient, les allumeurs couraient d'un tas à l'autre, la résine enflammée dégageait une odeur infecte et les singes de la jungle protestaient vigoureusement, de peur autant que de fureur.

Lämsä avait des problèmes avec sa torche. Je l'entendis maugréer :

— Putain, si on avait un bidon d'essence, on n'aurait pas besoin de se démener avec ces fichus cornets de résine !

Il parvint enfin à faire prendre son premier feu et manifesta bruyamment sa satisfaction :

— Ah mon cochon ! Tu t'es allumé comme la veuve de Loukusanvaara !

Je ne perdis pas de temps à me demander quel genre de difficultés il avait bien pu rencontrer en Finlande pour éveiller les ardeurs de la veuve de

Loukusanvaara, car les tas s'enflammaient vraiment difficilement. Les boules de résine étaient humides et il fallait les chauffer longtemps. La lumière vive de la torche éblouissait et une épaisse fumée entrait dans les yeux, de sorte qu'il fallait prendre garde à ne pas faire s'effondrer les tas de bois. Dès qu'on en avait allumé un, il fallait courir jusqu'au suivant et tout recommencer depuis le début.

De temps en temps les torches s'encrassaient et il fallait les nettoyer. Après le quatrième feu, la mienne s'éteignit par manque de résine.

Il y avait dans chaque lettre deux points de recharge de résine, et je dus aller compléter mon dispositif d'allumage.

Bizarrement, au cours de ce travail que je n'avais jamais fait auparavant, j'acquis assez vite une technique personnelle. Dès le troisième feu, je compris qu'il n'était pas judicieux de courir avec la torche en position verticale, car celle-ci risquait de s'éteindre. Il valait mieux la porter horizontalement, afin que la résistance de l'air la maintienne en état d'incandescence, et ne laisser partir la flamme que lorsqu'on arrivait au tas suivant. En outre, si on la levait en position verticale au-dessus de sa tête, des gouttes de résine brûlante tombaient sur le cou, voire dans les cheveux, ce qui faisait évidemment très mal.

Au bout d'une demi-heure, j'avais déjà allumé dix feux. Nous étions convenus que, dès qu'ils auraient fini, les allumeurs devraient retourner aux feux de base pour recevoir de nouvelles instructions.

J'avais rempli ma première mission et fus bientôt rejoint par Lämsä, puis par d'autres.

Keast envoya Lämsä dans le premier S pour s'enquérir de la façon dont les opérations avançaient là-bas. Je fus chargé quant à moi de courir jusqu'à la dernière lettre pour demander la même chose à Lakkonen.

Je courus à travers la jungle obscure, ma torche éteinte sous le bras, jusqu'au feu de base de Lakkonen et appris que, dans ce S, les choses n'allaient pas particulièrement bien : de nombreuses femmes avaient laissé leurs torches s'éteindre et il restait encore une vingtaine de feux à allumer. Je fus aussitôt envoyé sur le front.

Notre lettre, c'est-à-dire le O, fut allumée la première, suivie par le S initial, puis par celui de Lakkonen. Les choses étaient allées assez vite : au bout de quarante-six minutes, tous les feux avaient été allumés et une partie d'entre eux brûlaient déjà avec de grandes flammes.

La belle Gunvor, émissaire de la sage-femme brune, s'était perdue en essayant d'atteindre la lettre de Keast et apparut dans le dernier S, noire de suie et les yeux brillants.

— La sage-femme voudrait du renfort, dit-elle.

Comme je n'avais rien d'autre à faire, je partis avec elle.

Lorsque nous arrivâmes dans le premier S, la situation s'était arrangée : tous les feux brûlaient.

Il était alors vingt et une heures passées de quelques minutes. Munis d'un porte-voix fabriqué par Jhan, la sage-femme brune et Keast montèrent sur la plate-forme d'observation construite sur un arbre géant dans la lettre médiane.

Les allumeurs rejoignirent leur zone d'affectation. Il était interdit de parler, car chacun devait non seulement attiser les feux pour qu'ils brûlent mieux, mais aussi écouter les directives que Keast et la sage-femme brune leur criaient depuis leur arbre.

Le système fonctionnait à merveille. La voix assez

grave de Keast ne portait pas très loin, mais les cris aigus de la sage-femme, amplifiés par le mégaphone en bois, parvenaient jusqu'aux points les plus éloignés de l'inscription et suffisaient pour indiquer les feux qui ne brûlaient pas assez fort, ceux qu'il fallait au contraire modérer un peu, et, de façon générale, à quoi ressemblait notre message depuis une hauteur de quarante mètres.

Dans la seconde moitié de la nuit, nous pûmes nous reposer un instant dans nos lettres respectives. Gunvor ne m'avait pas quitté. Lors de la première pause, elle me dit :

— Tu sais que je ne suis pas mariée ?

— Comment ça ? demandai-je bêtement.

— Mais Maj-Len si.

— Ah bon, dis-je, et je mis à rôtir pour nous deux un gros morceau de sanglier. Je n'avais pas croisé Maj-Len de toute la nuit, et cela n'avait rien d'étonnant, car elle avait été affectée dans le S de Lakkonen, dans le coude le plus proche de la plage.

Toute la nuit se passa à entretenir les feux, à « faire la garde », comme disait Lämsä.

Au point du jour, la sage-femme brune et Keast descendirent de l'arbre de contrôle et donnèrent l'ordre de commencer l'extinction.

Cela fut très facile : pour les feux situés sur des supports, il suffisait de renverser les tas de bois, et pour les autres, de les battre jusqu'à ce qu'ils ne soient plus que des amas de braises.

Épuisés, nous retournâmes sur la plage et allâmes dormir dans nos cabanes. Nous avions écrit dans la forêt, en lettres de feu, notre soif de liberté et devions désormais attendre les réactions des lecteurs, si nous en avions eu.

34

Le lendemain, nous nous reposâmes. Keast estimait que, si nos lettres avaient été remarquées, il s'écoulerait plusieurs jours avant l'arrivée des secours. Nous attendîmes donc tranquillement les conséquences éventuelles de nos feux.

Trois jours passèrent sans que nous ne vissions rien venir. Taylor et Reeves paraissaient satisfaits, mais Keast avait un air de plus en plus soucieux. Il faisait les cent pas sur la plage et scrutait la mer intensément.

Et si tout cela n'avait servi à rien ? En tant qu'auteur du projet, il semblait craindre d'avoir imposé au groupe plusieurs mois d'un travail pénible et inutile.

Le soir du quatrième jour, alors qu'il était d'humeur particulièrement sombre, un gros bateau gris apparut à l'horizon, loin derrière les récifs.

Ce fut lui qui le remarqua le premier. Fou de joie, il cria qu'un navire était en vue et tout le camp se rassembla sur la plage pour l'observer. Il se rapprochait de l'île. Au bout d'une heure, nous vîmes qu'il n'était pas seul : plusieurs bateaux plus petits le suivaient. Lorsque la flottille se trouva à quelques milles des récifs, nous constatâmes qu'elle était composée de bâtiments de guerre.

Le plus gros jeta l'ancre loin derrière la barrière de corail. Les plus petits s'en approchèrent davantage et nous vîmes qu'ils appartenaient à la marine américaine. Le gros était un porte-hélicoptères ; les autres étaient des torpilleurs de tailles diverses.

Trois grands canots pneumatiques furent jetés à l'eau depuis les torpilleurs. Dans chacun d'eux prit place une dizaine d'hommes. Ils commencèrent à chercher une ouverture dans la barrière de corail.

Deux hélicoptères guidèrent les canots jusqu'à un passage qui leur permit d'entrer dans la lagune, puis ils décrivirent des cercles au-dessus de la plage et nous aperçurent. Nous courûmes nous réfugier dans la jungle — nous avions encore présent à l'esprit le souvenir douloureux de l'hélicoptère militaire qui nous avait mitraillés quelques mois plus tôt.

Les appareils retournèrent sur le porte-hélicoptères, après avoir repéré le camp et les grandes lettres carbonisées.

Les canots étaient pourvus de moteurs hors-bord, et les hommes qui s'y trouvaient à genoux étaient armés jusqu'aux dents. Lorsqu'ils accostèrent, nous n'osâmes pas nous montrer.

Les soldats semblaient appartenir à l'infanterie de marine. Ils étaient trente, sous les ordres de trois officiers.

Ils débarquèrent et commencèrent à examiner en détail notre village. Ils entrèrent dans chaque maison, puis, ne trouvant personne, se regroupèrent au centre et crièrent en anglais en direction de la jungle :

— Nous sommes des troupes d'infanterie de marine des États-Unis. Nous avons capté votre appel de détresse. Nous ne vous voulons pas de mal, nous sommes venus vous sauver.

À ce moment-là, nous nous rappelâmes que bon nombre d'entre nous ne portaient pas de vêtements. Nous avions l'habitude de nous promener dans le camp à moitié dévêtus, mais maintenant que ces jeunes gens de la marine venaient nous sauver, nous commencions à avoir honte de nos tenues plus que légères.

Nous ne pouvions cependant rien y faire.

Keast sortit de la forêt, accompagné de la sage-femme brune, qui marcha sans cérémonie jusqu'aux soldats, bien qu'elle fût torse nu.

Les Américains, qui discutaient joyeusement, furent tellement surpris qu'ils en perdirent aussitôt l'usage de la parole. Il me sembla qu'ils avaient véritablement peur de ces deux apparitions.

Les hommes se mirent à rougir. Au bout d'un moment, un officier avança courageusement jusqu'à la sage-femme, lui tendit la main et se présenta. Elle enfila un pull-over qu'un soldat lui avait donné.

— Je vous demande de laisser vos armes dans les canots, sans quoi nos camarades n'oseront jamais sortir, dit-elle. Nous sommes une cinquantaine de personnes au service des Nations unies. Notre avion s'est écrasé ici l'année dernière.

Les soldats lui offrirent ainsi qu'à Keast des cigarettes et du chocolat. Puis ils lui demandèrent de nous appeler.

À cet instant, l'idée me traversa de rester dans la forêt. Maj-Len et Gunvor étaient à mes côtés et Taylor était accroupi un peu plus loin. Reeves s'approcha de moi et me déclara qu'il n'avait pas l'intention de monter sur ces bateaux. Iines Sotisaari partageait son point de vue.

Lorsque la sage-femme brune nous cria que nous pouvions sortir sans crainte, je restai à ma place, de même que Taylor, Reeves et les deux femmes.

La majorité du groupe s'avança toutefois sur la plage. Avec des rires joyeux, ils serrèrent la main des soldats ou les embrassèrent, et ceux-ci donnèrent leurs vêtements à ceux qui étaient à moitié nus. L'un des marines parlait dans une radio portable.

La sage-femme brune fit le compte des effectifs et s'aperçut immédiatement qu'une dizaine de personnes manquaient. Son visage prit une expression soucieuse et elle nous cria encore une fois de sortir. Les officiers demandèrent pourquoi nous restions cachés. Elle leur répondit que nous n'avions peut-être pas envie d'être sauvés.

— Ils sont plutôt bizarres, vos copains, dit un enseigne de vaisseau de première classe. Si j'avais moisi pendant presque un an dans un endroit pareil, je vous garantis que je ne me cacherais pas dans l'herbe à l'arrivée des secours !

Les officiers délibérèrent un instant puis ordonnèrent à leurs hommes de partir dans la jungle.

Nous fûmes très vite encerclés. Leur rapidité de mouvement nous surprit et nous n'eûmes pas d'autre solution que de nous rendre. Nous rejoignîmes nos camarades, saluâmes les officiers et acceptâmes les cigarettes qu'on nous offrit. Un soldat nous proposa du cognac, mais nous refusâmes. Comme il s'en étonnait, nous expliquâmes :

— Nous avons suffisamment picolé ces derniers temps, merci.

Nous voulûmes connaître le nom des dirigeants actuels de l'Union soviétique, de la Grande-Bretagne, de la Finlande, de la Suède, de la Norvège et des États-Unis. Puis nous demandâmes si l'Europe était toujours en paix et dans quels endroits du monde on faisait la guerre ; nous apprîmes qu'à l'intérieur de notre île se déroulait effectivement une guérilla : l'armée indonésienne essayait d'écraser une révolte indigène. Nous posâmes encore beaucoup d'autres questions et les soldats s'efforcèrent de nous expliquer ce qu'ils savaient des nouvelles du monde civilisé.

Ils nous firent monter dans les canots pneumatiques et nous arrivâmes très vite aux frégates. Là, on nous donna des vêtements et de quoi manger. Les équipages nous interrogèrent inlassablement sur nos aventures, et nous leur racontâmes comment nous avions survécu sur notre île.

Enfin, on nous emmena sur le porte-hélicoptères, qui s'était approché des récifs.

Nous fûmes accueillis en grande pompe. Les soldats américains s'étaient mis en rangs sur le pont, une fanfare jouait de la musique militaire et le commandant fit un bref discours par lequel il nous souhaita la bienvenue à bord et dans le monde civilisé.

— Je n'arrive pas à me sentir heureux de tout ce qui arrive, me souffla Reeves à l'oreille pendant que nous écoutions les propos cérémonieux du commandant.

Pour la énième fois, on nous proposa de la nourriture et des cigarettes ; nous eûmes droit également à du champagne, ce qui plut à beaucoup d'entre nous. Taylor fuma quelques cigares, mais il paraissait d'humeur assez sombre. Je devinai qu'il était triste parce que nous avions été « sauvés ».

Les radios furent chargés d'envoyer toute une liasse de télégrammes. Les agences de presse du monde entier télégraphièrent au navire pour obtenir des informations de première main sur notre île et nos aventures.

Écouter la radio nous faisait une impression curieuse. Les couteaux de table nous paraissaient étranges et nous les manipulions avec une certaine gaucherie. Nous avions perdu l'habitude d'utiliser des serviettes et nous nous essuyions la bouche avec la main. Les vêtements nous irritaient la peau. Nous nous sentions particulièrement maladroits.

En Finlande, Kekkonen était encore au pouvoir — le contraire nous eût beaucoup étonnés ! Les socio-démocrates avaient quitté le gouvernement, enfin ! La gauche avait remporté les élections municipales. La querelle autour du poste de président-directeur général de Neste n'avait toujours pas trouvé d'issue. Ma femme était vivante et mes enfants allaient bien. Mon ami Eetu avait vendu la barque que nous possédions en commun.

Voilà les informations que contenait le télégramme qui m'avait été adressé.

Nous passâmes la nuit à bord du porte-hélicoptères. Le médecin de la flotte nous préleva des échantillons de sang, bien que Vanninen lui eût certifié que nous étions tous en bonne santé.

Les gouvernements de nos pays respectifs furent informés officiellement que nous avions été retrouvés et nous reçûmes en retour leurs salutations officielles. Nous étions attendus avec impatience.

Le lendemain, on nous ramena sur l'île et on fit de nous de nombreuses photographies devant nos cabanes. Après quoi les officiers nous dirent de rassembler nos affaires. Nous eûmes le droit d'emporter chacun trente kilos de bagages.

Reeves et Taylor vinrent m'annoncer qu'ils avaient

décidé de rester. Lämsä et Lakkonen le voulaient aussi, quoi qu'il arrive. Plusieurs femmes partageaient le même point de vue : Maj-Len, Gunvor, Iines Sotisaari, Lily et Birgitta.

Je dis que j'aimerais moi aussi prolonger mon séjour, ne serait-ce que pour un an, et proposai que nous nous cachions dans la jungle jusqu'à ce que les navires aient levé l'ancre.

Taylor expliqua que le commandant du porte-hélicoptères leur avait défendu de rester : les gouvernements de nos pays avaient confié aux Américains la charge de nous ramener chez nous, et il ne pouvait accepter que certains refusent d'être rapatriés.

Taylor avait exigé qu'on le laisse rester, arguant qu'un citoyen britannique libre n'était nullement obligé d'obéir aux ordres d'un militaire étranger. Le commandant avait répondu à cela qu'il avait accepté la responsabilité de l'opération de sauvetage et mènerait celle-ci à son terme. Il avait ajouté qu'il comprenait fort bien que des gens qui avaient vécu dans l'isolement pendant un an puissent ne plus avoir toute leur raison et s'opposer à leurs sauveteurs.

Bref, il n'y avait aucune chance pour qu'il nous autorise à demeurer dans notre paradis.

Dans l'après-midi, lorsqu'on nous eut suffisamment photographiés et que nous eûmes rassemblé nos affaires, on nous pria de prendre place dans les canots.

Sur un signe de Reeves, nous nous évanouîmes tous les dix, les uns après les autres, dans la végétation. Nous nous étions juré, au cours de la journée, que nous ne retournerions en Europe pour rien au monde.

Notre disparition fut remarquée presque aussitôt,

mais comme nous avions l'habitude du terrain, les soldats ne purent nous rattraper. Nous courûmes le long d'un sentier jusque dans les profondeurs de la jungle et le soir commença à tomber. Tout s'obscurcit autour de nous et nous pûmes nous reposer un moment. Même le diable ne nous délogerait pas de là, pensions-nous.

Nous passâmes la nuit dans la forêt.

Notre fuite fit l'effet d'un scandale parmi les marines. Pendant la nuit, les officiers envoyèrent plusieurs commandos à notre recherche, mais ils ne nous retrouvèrent pas. Il faisait trop sombre et la végétation était trop dense.

Lakkonen avait chipé sur le navire une petite radio portable. Nous y entendîmes parler de notre sauvetage, ce qui nous fit bien rire, car nous étions convaincus d'avoir échappé à la frénésie salvatrice des troupes américaines.

Mais le lendemain matin, la jungle fut survolée par un véritable essaim d'hélicoptères. Les appareils tournèrent au-dessus de nous et nous eûmes beau essayer de rester immobiles dans les fourrés, on nous repéra. Probablement à cause des vêtements clairs qu'on nous avait donnés. On nous lança alors une bouteille qui contenait un message nous invitant à être raisonnables et à retourner sur la plage. Au lieu d'obéir, nous nous enfonçâmes plus profondément dans la jungle en direction des montagnes. Nous voulions montrer à ces Yankees que nous étions des hommes libres capables de décider par eux-mêmes de leur destin, et que, puisque nous ne souhaitions pas retourner dans cette Europe ennuyeuse, nous resterions sur notre île aussi longtemps que le cœur nous en dirait. La végétation était si dense que les hélicoptères ne pouvaient pas se poser et nous leur fîmes des pieds de nez à travers les branches.

Vers midi, ils abandonnèrent la traque. Nous crûmes que les Américains avaient renoncé à nous capturer et se contentaient d'emmener ceux qui voulaient rentrer en Europe.

Mais les militaires ne renoncent pas pour si peu. Dans l'après-midi, les hélicoptères revinrent. On nous lança un nouveau message qui contenait une menace claire : si nous ne retournions pas immédiatement sur la plage, on nous y ramènerait par la force. Le message était signé du commandant du porte-hélicoptères et portait le cachet officiel du consul des États-Unis d'Amérique. D'où avaient-ils bien pu sortir ce papier ?

Cette menace nous fit bien rire, et nous déchirâmes ostensiblement la feuille en veillant à être vus par les soldats. Nous pensions avoir gagné la partie.

Mais nous nous trompions. Dans le ciel apparurent de nouveaux hélicoptères, qui commencèrent à lancer entre les montagnes et nous des grenades fumigènes. La fumée rendit la jungle impénétrable. On avait décidé de nous chasser de la végétation protectrice en nous enfumant. Nos yeux se mirent à pleurer : en plus des fumigènes, on nous lançait également des grenades lacrymogènes.

Nous essayâmes de traverser la fumée, mais c'était impossible. Les hélicoptères grondaient en permanence au-dessus de nous et ne cessaient de cracher des grenades. Nous fûmes contraints de reculer devant le front de fumée qui se rapprochait.

Soudain, Lämsä cria :

— Allons au canon et tirons quelques coups dans la mer ! Après ça, ils nous laisseront tranquilles, ces enfoirés !

En une demi-heure, nous atteignîmes la pièce d'artillerie japonaise. Iines Sotisaari se plaça derrière avec Lämsä, d'un air habitué, et nous commençâmes à leur apporter des munitions. Ils pointèrent le canon vers la mer et tirèrent. Nous ne savions pas précisément où l'obus allait retomber, mais nous pensions que cela convaincrait enfin les Américains que nous étions vraiment décidés à rester sur l'île.

Nous tirâmes huit obus.

Soudain, des hélicoptères apparurent au-dessus de nous et des dizaines d'hommes en descendirent par des échelles de corde. Nous nous enfuîmes chacun de notre côté. Des soldats de plus en plus nombreux continuaient à descendre du ciel. Ils ne souriaient plus. D'une voix furieuse, ils nous ordonnèrent de nous rendre. Ils portaient des masques à gaz, et dès qu'ils furent tous à terre, les hélicoptères lancèrent une grande quantité de grenades fumigènes.

Lämsä et Lakkonen essayèrent de pointer le canon vers les soldats, mais ils furent encerclés avant d'avoir eu le temps d'y parvenir. Ils durent se battre à mains nues et Reeves s'élança pour les aider.

Les trois hommes luttaient avec énergie. Les soldats, gênés par leurs masques, ne faisaient pas le poids dans les corps à corps : ils tombaient comme des mouches sur le champ de bataille. De temps en temps, Lakkonen rugissait :

— L'ours finlandais ne se laisse pas abattre !

Mais de nouveaux soldats arrivèrent en renfort et finirent par venir à bout des trois rebelles. Je fus moi aussi capturé.

On nous traîna de force sur la plage, où les femmes se trouvaient déjà. On amena enfin Taylor, qui opposait une vive résistance, mais en vain : on lui attacha les mains et on le porta jusque dans un canot pneumatique. Nous acceptâmes quant à nous de marcher jusqu'aux canots, escortés par les soldats.

On nous conduisit sur le porte-hélicoptères, et comme nous ne pouvions plus nous enfuir, nous ne fûmes pas enfermés à fond de cale.

Nous nous plaignîmes en des termes très abrupts au commandant, qui blâma sévèrement notre résistance insensée. Il nous déclara que nous avions commis une agression armée contre la marine des États-Unis d'Amérique, ce qui était effectivement la pure vérité.

— Je pourrais vous considérer comme des ennemis et vous enfermer, car vous avez tiré plusieurs obus sur des navires américains. Mais je consens à oublier toute cette affaire si vous promettez de m'obéir à partir de maintenant.

L'opinion publique avait eu connaissance de notre rébellion et nous considérait comme des héros. On nous envoyait des messages des quatre coins du monde pour nous encourager à poursuivre la lutte. Les auteurs de ces télégrammes ne savaient pas que nous avions déjà été vaincus.

Nous conclûmes la paix et mangeâmes de façon tout à fait normale avec les autres membres du camp. On nous servit un bon repas, qui nous parut très réconfortant après les aventures épuisantes que nous venions de vivre. Il se termina par un café et un cognac, et toute trace d'animosité disparut.

Le soir, on nous fit monter à bord d'un gros hélicoptère, qui s'envola vers la Papouasie. Là, on nous remit des billets d'avion pour Tokyo, où des représentants de nos gouvernements respectifs nous accueillirent à l'aéroport. Après une brève escale, nous poursuivîmes notre voyage vers Moscou, puis jusqu'à Helsinki, où la presse internationale nous attendait avec impatience. Nous passâmes vingt-quatre heures ensemble à Helsinki et nous nous dispersâmes : les Suédoises prirent le bateau pour Stockholm, les Norvégiens l'avion pour Oslo, et les Anglais un avion de ligne pour Londres — il ne s'agissait pas d'un Trident.

La séparation fut douloureuse, mais nous décidâmes de rester en contact. Nous avions échangé nos adresses sur le bateau et nous nous jurâmes mutuellement de ne jamais oublier l'amitié qui avait pris naissance sur l'île.

Jhan accompagna Mme Sigurd en Suède, les autres rentrèrent chez eux. Je retrouvai ma famille, et on peut dire que j'avais des choses à leur raconter sur mes aventures.

En disant adieu aux Suédoises, sur le quai, j'avais les larmes aux yeux. Nous nous embrassâmes tous et promîmes de nous revoir.

À l'aéroport, où nous étions venus accompagner les Anglais qui partaient pour Londres, Taylor me dit :

— On y retournera, hein ?

— Au moins pour voir, approuvai-je, même si on ne peut pas y habiter. Nous nous serrâmes la main, et il monta dans l'avion sans jeter un regard en arrière. Reeves, lui, se retourna sur l'escalier et nous fit un signe de la main.

Lämsä et Lakkonen essuyaient leurs larmes.

Épilogue

Au moment où j'écris ces lignes, deux ans se sont écoulés depuis notre voyage. Nous avions décidé de rester en contact et de nous réunir au bout de cinq ans à Helsinki, exactement comme des lycéens qui, la dernière semaine d'école, décident d'organiser des réunions de classe tous les cinq ans.

Les contacts n'ont pas été très suivis, mais j'ai tout de même eu quelques nouvelles des uns et des autres.

Taylor a mis son projet à exécution : après avoir pris sa retraite, muni d'un équipement adéquat, il est retourné sur l'île avec sa famille. Mais celle-ci ne s'est pas habituée aux conditions de vie ; elle est rentrée en Angleterre au bout de deux ou trois mois et Taylor est resté seul. Il n'a jamais écrit à personne.

La sage-femme brune s'est mariée avec un cultivateur du Savo dont elle a eu un enfant. Ils gèrent une exploitation à Leppävirta.

Lämsä, Lakkonen et Ala-Korhonen travaillent dans les forêts finlandaises comme par le passé. Il en est de même, pour autant que je sache, des autres bûcherons qui étaient avec nous. Vanninen est chirurgien à l'hôpital central de Kuopio et souffre d'une maladie de peau.

Mme Sigurd a divorcé et vit en union libre avec Jhan, qui dirige une petite société de location de voitures. L'enfant, né en Suède en bonne santé, était bien son fils.

Iines Sotisaari est allée en Angleterre et, à ce qu'il paraît, se serait mariée avec Reeves. Keast travaille toujours pour sa compagnie.

Au sujet de Gunvor, j'ai appris qu'elle avait commencé à boire et qu'elle exerce aujourd'hui une profession libérale dans une boîte de nuit de Stockholm. Je tiens ces informations de Birgitta, qui est toujours fermement engagée dans les actions d'aide au développement des Nations unies.

Maj-Len a publié de nombreux articles sur notre voyage dans les journaux suédois, et il paraît qu'elle a signé un contrat pour faire un film sur notre expérience. On verra bien ce que ça donnera.

Quant à moi, je continue de mener en Finlande ma vie futile et insouciante.

DU MÊME AUTEUR

Aux Éditions Denoël

LE LIÈVRE DE VATANEN, 1989 (Folio n° 2462)

LE MEUNIER HURLANT, 1991 (Folio n° 2562)

LE FILS DU DIEU DE L'ORAGE, 1993 (Folio n° 2771)

LA FORÊT DES RENARDS PENDUS, 1994 (Folio n° 2869)

PRISONNIERS DU PARADIS, 1996 (Folio n° 3084)

LA CAVALE DU GÉOMÈTRE, 1998 (Folio n° 3393)

LA DOUCE EMPOISONNEUSE, 2001 (Folio n° 3830)

PETITS SUICIDES ENTRE AMIS, 2003 (Folio n° 4216)

UN HOMME HEUREUX, 2005 (Folio n° 4497)

LE BESTIAL SERVITEUR DU PASTEUR HUUSKONEN, 2007 (Folio n° 4815)

LE CANTIQUE DE L'APOCALYPSE JOYEUSE, 2008 (Folio n° 4988)

LES DIX FEMMES DE L'INDUSTRIEL RAUNO RÄME-KORPI, 2009 (Folio n° 5078)

SANG CHAUD, NERFS D'ACIER, 2010 (Folio n° 5250)

LE POTAGER DES MALFAITEURS AYANT ÉCHAPPÉ À LA PENDAISON, 2011 (Folio n° 5408)